KB193916

색다른 맛

홍현은 시집

색다른 맛

문학산책사

■ 시인의 말

부끄러움과 뻔뻔함과 용기를 버무려
매운 고추장 한 숟가락, 참기름도 한 방울 넣어
고소하고 달콤하고 침샘 고이는 감칠맛으로
색색의 비빔밥을 세상에 내어놓고 대견함에
살짝 미소 지어 본다.
어쭙잖은 글 끄적이던 소녀적 꿈을 이루어 본다.
용감해지기로 했다.
그냥 진솔하게 있는 모습 그대로를 그릇에 담았다.
도와주고 지도해 주신 배준석 선생님과
늘 순수하게 함께하는 글타래 문우들이 있어
가능했음에 고마움 전하며.

2025년 5월에
홍현은

색·다·른·맛　홍현은 시집

■ 차례

시인의 말

1부 자꾸 간다

2부 찍었다

3부 그곳에 가서야 보았다

4부 색다른 맛

5부 밴댕이 소갈머리가 웃었다

1부

자꾸 간다

30% 세일 광고

아직도 TV 채널로 종종 충돌하는 사이
늘 남편이 일방적 승자가 되는 것 못마땅해
괜스레 허허 서글퍼지곤 한다
나만의 것을 소유하리라 다짐에 다짐하며
고객감사 세일하는 전자 판매점에 간다
환영한다며 입구에서부터 펄럭이는 깃발
— 이혼사수 30% 세일
순간 시선이 고정되며 동공이 커진다
이사혼수를 세로로 적어 놓은 깃발이
좌우로 흔들릴 때마다 이혼사수로 보인다

유혹하는 깃발에 잠시 생각이 흔들리다가
일방적 지위에 반역하는 나만의 소유가
이혼사유가 될 수 없다며 허허 웃음 짓고
발걸음 돌려 나오는데, 아뿔싸!
나란히 붙어 나부끼는 깃발에
페스티벌 세로로 적은 글이 스벌시발 날린다

번개처럼 머리에 번쩍 불꽃 튀며
그래 내 나이가 몇 개를 넘었는데

여태 고개 숙이며 지고 살아야 하나
과감히 신용카드 확 긋고 사버려야지
띵 동 남편 폰에 구입내역 뜨겠지만
한마디만 해봐라 머리에 펄럭펄럭
페스티벌 30% 깃발 날리며
이혼사수할 거니까 스벌헐

살랑살랑 봄바람에 세일 깃발 씩 웃음 날린다
그래 사는 건 30%만 생각하고
나머지는 다투면서 그렇게 사는 거야

벚꽃 사기꾼

꽃바람 화창한 봄날 오후
허리 굽은 노인들만 바쁜
온통 노랑 물감 흠뻑 뿌린 산수유 마을에
이방인처럼 배시시한 분홍 벚꽃
드문드문 밉상으로 사이사이 간 맞게
요사스런 웃음 미묘하게 날리며
염탐할 것이라도 있는지 이 집 저 집
기웃기웃 발걸음 바쁜 낯선 그녀

간 쓸개 빼 줄 듯 호호 호호
분홍치마에 꼬리 아홉 감추고 살랑살랑
엉큼한 엉덩이 돌려가며 샐룩샐룩
야시시한 몸매 실룩실룩
노랑 물감 사이로 핑크빛 염문 확 뿌려
마음속 숨긴 간사한 몸짓 놀린다

가진 거 배운 거 없이 나이만 배부른
제구실 못하는 아들놈
생전 받아 보지 못한
간지러운 달콤한 속삭임

분홍 벚꽃에 홀린 순진한 갑분 할머니
한 푼 두 푼 장가 밑천 하려고 모은
행여 부정한 손 탈라
예쁜 단지 꽁꽁 묻어 두었던
생때같은 돈 날름 건네고
기다림에 노랗게 애타는 산수유만
속절없이 새빨갛게 피멍 든다

요단강 건너는 사공이 없다

세월의 장사가 지루한 듯 하품 연발이다

나라 잃은 슬픔도 참아 내며
혹독한 식민지도 견디고
육이오 전쟁에서도 살아남았다
천연두 마마도 물리치고
보릿고개에도 목숨 부지 대견해
환갑잔치 떠들썩 사나흘 성대했다

세월의 장사가 게으름 피우는 사이
잘 먹고 잘 놀고 잘 살아
이젠
환갑은 청춘이요
칠순은 핑계이고
팔순은 애교에다
구순은 여유인가

요단강 노 젓는 뱃사공
낡은 배 리모델링해 호화롭게 꾸미고
목 늘어져라 기다려 보지만

요단강 건너는 대합실엔
표 끊는 이 가뭄에 콩 나듯하다
천국에 빈집 넘쳐나도
강 건너려는 사람 넘치지 않으니
폐업 위기 놓인 요단강 뱃사공
세월의 장사 향해 눈 흘기며
꺼이꺼이 슬픈 노래로
물안개 속을 처량하게 젓는다

자꾸 간다

자꾸 가야만 살 수 있는 건가 보다

장가도 가고 시집도 가고
이사도 가고 여행도 가고
산에도 가고 바다도 가고
교회도 가고 절에도 가고
산부인과 가고 장례식장 가고
수없이 가고 또 가고 자꾸만 간다

똥 싸러 가고 먹으러 가고
마시러 가고 버리러 가고
시장도 가고 학교도 가고
살 빼러 가고 운동하러 가고
영화 보러 가고 공연 보러 가고
수없이 가고 또 가고 자꾸만 간다

전쟁 나서 가고 지진 나서 가고
아파서 가고 사고로 가고
목매달러 산에 가고 익사하러 한강다리 가고
양로원에 가고 내 나이도 가고

새해도 가고 12월 마지막 달도 가고
수없이 가고 또 가고 자꾸만 간다

때가 되면 어련히 불러 줄 텐데
사랑도 가고 이별도 가고 스스로 가고
뭐가 그리 바쁘게 가고 가고 가고
너나없이 자꾸만 가나
가야만 하는 것이 가는 것이라면
나는 오늘 종합병원으로 춤추러 간다

봄날이 별건가요

백 세까지 살아야 하는 긴긴 인생
봄날이 별건가요
콩깍지 죽고 못 살 달콤한 연애 시절
기적처럼 첫아이 임신한 세상 다 가진 날
토끼 같은 아이 잘 자라 좋은 대학 합격한 날
누구나 부러워할 최고의 직장 입사하던 날
좋은 짝 만나 결혼시키고 할 일 다 했다고
수고의 짐 내려놓은 홀가분한 봄날
알 콩 달 콩 잘살아 주며
천국에서 덤으로 선물까지 보내주신
눈에 넣어도 아프지 않을
예쁜 손주의 하트 뽕뽕 재롱
죽고 못 살 만큼 팔팔 힘이 넘치니
벚꽃같이 눈부신 최고의 봄날이지요

일회용 종이컵

입장 한번 바꿔 생각해봐
내가 얼마나 억울하고 기분 나쁜지

괜히 나른하다며
달달한 믹스커피 땡긴다고
그것도 팔팔 끓는 물을
인정사정 볼 것 없이
주루룩 한소끔 부어
불판에 메뚜기 튀기듯
내장이 팔딱팔딱 뛰게 하지

화상 입은 온몸 바쳐
축 처진 나른한 세포 깨워줘도
한 치 재고의 여지도 없이
구겨져 쓰레기통 속에
처박히는 살맛 안 나는
시궁창 같은 마음을 아는지

편하다고 여기저기
인기몰이하면 뭘 해

한 번만 쓰고 미련 없이 버릴 것을
쉽게 썩지도 않아
다시 태어날 기대조차 없는걸
달콤한 사랑을 담으면 뭐 하겠어
결국 미련 없이 버려질 것을 아는지

한번 쓰고 버리는 인생으로
이렇게 태어나길 바라진 않았지
이 모양 저 모양으로
예쁜 그림 그려진 명품 옷 입고
애지중지 사랑받으며
뜨거워도 차가워도 우아하게 뽐내며
오래도록 당당하게 살고 싶지

구김살 없는 햇살이
아낌없이 쏟아지는 새로운 아침
찌그러진 자존심 말려
다시 태어나고 싶지

용포무늬 입은 화려한 도자기로
천년의 빛 간직한 귀한 청자기로

커피 한 잔

가을비 촉촉한 창가에 앉아
잔잔히 마음 내주는 가을 한 잔

카푸치노에 눈 맞추면
부드러운 사랑 온다

에스프레소를 쓰다듬으면
쓰린 사랑 훅 간다

헤이즐넛커피를 뜨겁게 포옹하면
달콤한 첫사랑 온다

아메리카노를 생각하면
쓰린 추억 둥실 둥실 간다

비엔나커피를 두 손으로 감싸들면
바이올린 연주 음악가 된다

카페라떼를 홀짝홀짝 혼자 마시면
세상을 다 가진 꼰대 라떼 된다

단풍잎 살짝 띄운 가을 한 잔
꿈꾸는 명품 시인 된다

복수초

복수하고 싶다

질리게 하는 무언의 위력
벗어날 수 없음에, 숨쉬기조차 참으며
자지러지듯 치 떨면서 안간힘 버티고 사는데
고리대금업자처럼 날름날름 집어삼키는 것들

오른쪽 뺨을 맞아도 눈만 껌벅껌벅 할밖엔
목 조르며 벼랑으로 내몰아
작은 가슴에 피멍 들게 하는 것들

한강물 꽁꽁 어는 날에도
누런 금이빨 흥흥거리며
얇은 겉옷마저 벗겨가는 인정머리 없는 것들

내 편 네 편 쌍심지 치켜뜨며
사랑도 용서도 이해도 없고
택배 차에 눌린 몸은 비명을 질러 대도
옳다 그르다 편만 가르는 망할 것들

거짓으로 하얗게 포장하고
겹겹이 두껍게 흰 눈 덮고 시침 떼도
눈 녹아 소용없을 꽃피는 봄날 올 것을

주름살 늘리는 세월이 노랗게 질리도록
엄동설한에도 언제나 죽지 않고 살아
눈밭에 맨살 드러나도 벌떡 일어나
이것들아 봐라 비웃음 크게 날리며
당당히 소박하게 복수하리라

똥과 쓰레기

앞으로 먹어 뒤로 나오는 건 똥이요
뒤로 먹고 앞으로 토하는 건 더러운 쓰레기요
똥은 거름되어 생명을 살리고
쓰레기는 악취 풍기며 썩어 죽을 수밖에
하찮은 미물도 앞으로 먹는 이치 알건만
어찌하여 앞뒤 구별도 못하는가
아이큐 저장할 좋은 머리 주셨는데
썩을 것으로 그득 채워 무식쟁이 되었는가
신이 정해 놓은 규칙 헌신짝 버리듯
어찌하여 모른 척 우습게 배반하는가

수백억 정신없이 배불리 채운 헛물
풍선처럼 빵빵해져 언제 터질지 모르지
하늘로 힘껏 날아오르지도 못하고
과식으로 뚱뚱해진 배 불쑥 불쑥
비만 된 몸 굴려 살 빼느라 버둥버둥
채 배설 못한 소화불량 상태로
골프채 휘둘러 홀인원 노리지만
보기 좋게 해저드에 빠져
구더기 득실득실 썩은 악취 풀풀 풍기며

    파리 목숨처럼 발발 비틀거리는 꼴이란 가관
일세

    눈 퍼붓고 칼춤바람 휘두르는 겨울도
    얼마든지 싹싹 피해 나갈 힘이 있는 건
    봄의 온기가 저만치서 기다리기 때문이다
    행여 안경다리 부러뜨려도 더듬거리지 않고
    눈 감고도 앞으로만 맛있게 잘 먹고
    소화 잘 시켜 뒤로 쫘악 시원하게 싸는
    변치 않는 세상이치 깨달아
    새벽공기 가르며 달리고 날아가는
    이 땅의 주인공들에게
    백번 넙죽 절들이나 하시지

눈물폭포

망우리에 가면 모양 다른 폭포들이 있다
이유 없는 죽음 없고
사연 없는 무덤 어디 있겠는가

땡초 같던 시집살이, 고부갈등으로
평생 생일 한번 안 챙기더니
남겨진 재산 눈치 보며
인공폭포처럼 시간 맞춰 찔끔 쏟아내는 눈물

예상 못한 대형 화재
진압에 앞장서던 아들, 결혼식 어쩌라고
몹쓸 화마가 매정하게 빼앗아 가버렸나
억 억 애달픈 청춘 원통한 가슴 때리며
나이아가라폭포처럼 펑펑 쏟아내는 눈물

고생고생 여러 자식 공부시켜
제각기 출가하고, 손주들 재롱 보며
못 해본 호사 누리나 했는데
몹쓸 병마에 잡혀 서러운 애간장 태우는지
이과수폭포처럼 사방으로 줄줄 쏟아내는 눈물

장수하며 곱게 늙어 호상이라
갈 길 살펴 노잣돈 두둑하게 나누어가며
너도 한 잔 나도 한 잔 웃으면서
소담소담 옛 얘기 가득 채우는
미인폭포처럼 고상하게 쫄쫄 쏟아내는 눈물

망우리
그곳에 가면
봉우리와 봉우리 사이 골짜기
사연 많은 눈물폭포가
찔끔 펑펑 줄줄 쫄쫄
하염없이 쏟아져 내린다

그해 장마

그해 여름
더운 구름 추운 구름 좌우로 충돌해
남북으로 비구름 마른 구름 토해냈다

도둑고양이처럼 살금살금 다가온
발톱 세운 시커먼 그림자
하늘 깨지는 쿵 쾅 쾅 꿍음 소리
정신없이 조명탄 번쩍번쩍 타다닥
화를 품은 총구에서 내뿜는 시뻘건 열기
준비 없는 몸 통구이처럼 이리저리 구르고
공중으로 튀어 오르기를 반복하고

어디로 가야 하는지 준비 없는 참상은
정든 살림살이 버려야 하고
금방 오마고 손 흔들어 약속하며
생이별 맨몸으로 고향산천 떠나온 길
쉽게 끝나지 않는 지루한 날들
습한 마음 고된 삶은 무겁고 힘들기만 하고
그래도 살아있어야 다시 갈 수 있다고
피투성이 몸은 일어나 달리고 달렸다

그해 길었던 총성 끝이 났어도
기약 없는 세월의 주름살 늘고
그때가 언제일까 기억조차 가물가물하지만
꽃 같던 노모 얼굴 생생하니 곱기만 하다
이젠
꼬부랑 고개 넘어가는 늙은 앞마당에
그리움 진한 백일홍 가득 심어
꽃 무지개로 피어나길

도깨비 장마

동에서 번쩍 서에서 번쩍 여기저기 불장난하듯
수시로 표정 바꿔 난처하게 하는 심술쟁이
오늘 아침엔 무엇이 좋은지 방글방글
밤새 서방님이랑 알콩달콩 좋았는가 보다
히죽히죽 싱글벙글 웃으며 밥 한 그릇 뚝딱하더니
금방 울적한 얼굴로 멀뚱멀뚱 울상 지으면서
우리 서방 어디 가고 너는 누구인데
남의 집에 왜 있냐 나가라고 주먹질 호통이다
반짝 맑음이다 금방 천둥번개 소낙비 쏟아지고
고생시켜 미안하다고 슬픈 얼굴이다가도
예고 없이 망할 것이라고 머리끄덩이 잡아 흔든다
무슨 변덕 양은 냄비에 펄펄 죽 끓듯이
수시로 좋았다가 싫었다가 순한 양이다가도
뿔난 염소처럼 화 끓어 넘쳐 예측불허 화산폭발
이다
서방님 하늘나라 가신 지 3년인데 아직도 가슴
에 남아
빨리 밥 짓고 고기 구워 서방님 밥상 차리라 난
리다
밥 잘 먹고 돌아서서 시도 때도 없이 금방 배고프다

33

왜 여태 밥 안주냐고 쌍심지 치켜세워 버럭 성
낸다
밤잠도 없는지 이상한 소리에 눈떠보면
어둠 속에서 반찬 통째로 엎어진 냉장고 비명
솟구치는 울화통 잠재우느라 냉수만 들이켜는
야속함
아들 보고 서방님이라며 산 세월 잃어버린 미숙아
소리 없이 끌어안고 눈물 삼킬 뿐이다
종잡을 수 없는 마음 도깨비 불 장난이면 좋으
련만
내일이면 해바라기 미소 사랑한다고 활짝 웃으
면 좋으련만
그냥 뒷짐 지고 시간만 죽일 수밖엔
기억 뺏어 가는 도깨비 잔치에 백지 된 저장고
어디에 천둥벼락 떨어질지 조마조마하다

2인 병실에서

술병도 아닌데 간수치가 높아 입원한
이십 대 초반 청년
허우대 멀쩡하고 인물도 잘났는데
몇 년 전부터 생일 때만 되면
입원할 일이 생긴단다
의사 진단 싹 무시하며
도저히 납득이 안 되는지
청년엄마 족집게 점집을 다녀와서
목소리 높여 흥분이다
개념 상실까지 덤으로 따라와
내 집인 것처럼 기세등등
떠들며 난리법석이다
점쟁이에게 물어보니
친할머니가 지어 준 이름 탓이란다
삼십만 원 주고 현빈으로 이름 바꿔 와
내일은 아들 이름 개명하러 법원 간단다
시모 탓하며 남편까지 도마에 올려 후려치더니
그것도 성에 안 차서 지인에게 전화해 열변
토하는데

남편보다 멋있는 애인도 소개해 달라며
천둥치는 소리로 너스레다
이에 질세라 이십 대 아들도
침 튀기면서 열 올려 동의하더니
친구들에게 전화하며 입에 게거품 문다
절대안정 푯말 붙이고 누워있는
옆 침대 환자는 아랑곳없이
병실은 찜질방 수다 남발이다
다음날 청년엄마 법원 간 사이
이름 지어 준 친할머니 찾아와
손주머리에 손 얹더니 할렐루야 통성 기도한다

저렇게 사는 사람들도 있구나 …
쓴 한숨에 피곤함이 따라 붙었다

시월은 만삭이다

배가 달덩이처럼 잔뜩 불러 만삭 된 10월
얼굴 벌게지도록 고래고래 소리치며 애를 쓰면
애지중지 품고 있던 사과가 빨갛게 쑥 나오고
단물 머금은 배는 샛노랗게 서둘러 쑥 나오고
더 이상 못 참겠다 밤은 입 쩌억 벌려 쑥 나
오고
작지만 동글동글 대추 발 빠르게 구르며 쑥
나오고
달달한 개운함이 특기인 감도 질세라 쑥 나오고
잘난 놈 못난 놈 가릴 것 없이 쑥 쑥 쑥 쑥
나오더니
자손 많아져 인구증가에 제 몫하며
애국시민으로 표창장까지 받고
아들일까 딸일까 궁금증 몸살 앓던
만삭으로 무거웠던 몸
죽자사자 용트림 한 번에 쏘옥 쏙
홀쭉하니 깃털처럼 가볍게
파란 하늘 높이 두둥실 여행간다

2부

찍었다

수박 1

짙푸른 빛깔 매끈하게 잘생긴 몸매
울 끈 불 끈 쭉쭉 솟은 검은 힘줄이
믿음직해 보였다
망설임 없는 단호한 욕망 머리 쳐들어
몸이 익을 만큼 달궈진 불볕 여름날
시원한 소나기 한 줄 내리붓듯
대박 꿈 이뤄 줄 걸 믿어
그놈 향한
무한한 사랑에 갈증을 달랬다

기대고 매달릴수록 목마르지만
절로 콧노래 흥얼거리며
모종 심어 물도 주고
넝쿨 쭉쭉 뻗을 수 있게
기둥 세우고 아기 돌보듯 살폈다
주렁주렁 싱싱한 열매들이
대박 꿈 이뤄 줄 걸 믿으며
그놈 향한
무한한 사랑은 흔들리지 않았다

한여름 날의 꿈이었나
믿었던 그놈 속이
검은 눈 번쩍이는
시뻘건 내숭인 줄 미처 몰랐다
탈탈 털어 쏟아부은 전 재산
주식 왕으로 주렁주렁 익을 줄만 알았다
둔한 개미 눈은
속 모르는 잘생긴 몸매에 깜박 속았다
믿는 도끼에 발등 콱 찍혔다

수박 2

번지르르한 겉만 쓰다듬고 있나
빨간 속은 검은 구멍 숭숭 나고 부실한 걸

명함만 금박 박아 번쩍이면 뭘 하나
깡통만 한 배만 불룩 솟아 볼품없는 걸

돈 많아 베고 자면 뭘 하나
자기과시 넘치다 못해 철철 개똥철학 흐르는 걸

금배지 번쩍이고 번들번들하면 뭘 하나
내로남불 지만 잘났다고 꼴불견 번쩍이는 걸

미모만 가꾸고 뜯어고치면 뭘 하나
쌓여가는 나이는 주름 길로 달려가는 걸

잘났으면 태어나면서부터 잘났나
겉은 비슷 속은 딴판으로 아웅다웅 별꼴 가관
인 걸

수박 속이 푸르면 맛이 다를까?

수박 겉이 빨가면 맛이 다를까

오합지졸 푸석푸석 구린내 날리는 난장판
번지르르하지 않아도
윤기 자르르 맛깔 나는
인자人子 찾아가는 길이 멀기만 한 걸

매화는 피는데

오종종 배고픈 바람 하나
현관문 타고 들어와
냉장고 문 열고
안쪽 깊숙한 내장까지 헤집는다
유통기한 임박한 어묵
작년 가을 말린 감말랭이
냉동고의 꽁꽁 언 주먹밥
누렇게 바랜 냉동 삼겹살
말라빠진 떡 쪼가리까지
사흘 굶은 걸신처럼 어찌 이리 맛난지
마구잡이 폭식으로
금세 탈탈 털린 빈털터리 냉장고

꺼억, 트림 한 번 하고
삐걱거리는 문 활짝 열어
살얼음 깬 입춘 바람 불러 오면
텅 빈 냉장고 속
봄꽃으로 가득 채울 수 있을까
개나리 진달래 벚꽃 가득 배 부를까
빈털터리 구멍 난 퍽퍽한 살림

꾸역꾸역 채워도 허기지는
썰렁하니 빈 자리
빚만 잔뜩 눈덩이처럼 불어난
겨우 버틴 식당의 불은 꺼지고
살랑살랑 입춘 바람에 실려 온 매화
매섭게 슬프게 피었다

유월이다

안개 이고 가는 산허리마다
그날의 기억이 찾아와 눈물 솟는다

무거운 군홧발에 찢겨진 청춘
맴돌고 맴돌아 빨간 장미로 피어나
시뻘건 피를 토해내는 김일성고지
빼앗고 빼앗기를 반복할 때마다
피비린내 풍기며 통곡하는 산야
엉덩이에 다리에 총알 박힌 채
평생을 불구로 원치 않은 영웅이 되어버린
피를 흘려야만 얻을 수 있었던
그날의 기억이 자꾸 아프게 들려온다

그리움에 지쳐 울고 있는 무덤가에
가시 세운 붉은 장미가 또 피고 지고
내가 대신 피눈물 갚는다고
그만 아프라고 환한 웃음 내려 놓는다

아직도 슬픈 청춘이 되살아나는 달
유월이다

삼손과 데릴라

방금 입춘 지났는데
개나리 진달래 핀 것마냥
소풍 준비하느라 벌써 야단법석이다

분명 같은데 결코 같지 않다
분명 사랑하는데 결코 사랑하지 않는다
거짓이래도 가슴으로 안아야 하는
쉽게 마음 주면 안 되는 마음 주어도
여전히 안개 속에 숨어 눈알만 돌린다
보이는 듯 보이지 않는 듯 동토의 왕국은
머리 꼿꼿 세우고 결코 속내 드러내지 않는다

세월 가도 여전히 이방인인데
동상이몽 속
이리저리 눈치 살피고 속앓이하다가
결국 눈알 뽑혀 보지도 못하고
머리카락 잘려 힘 못 쓰게 될까
그래서 연자 맷돌에 질질 끌려
허송세월 보낸다 해도
여전히 머리카락은 자라고 있을 테니까

통일된 단군 자손으로
태극기 날리며 봄 소풍 같이 갈 테니까

찍었다

몇 날 며칠 이리저리 따져보고 재봐도
도무지 마땅치가 않다
고고하지만 고상했던 뒷모습이 지저분하니
목련은 도통 믿을 수 없고
확 피었다가 간사하게 바로 꼬리 내리니
벚꽃도 쉽게 믿을 수 없고
무슨 아픈 사연 그리 많아 잘 견딜까 염려되니
노란 개나리 또한 믿을 수 없고
수줍고 부끄럼 많아 행여 잘 감당할 수 있을
까 하니
진달래는 역시 믿을 수 없다
도무지 종잡을 수 없고 알쏭달쏭 신통치 않으니
줏대 없는 마음은
꽃 따라 바람 따라 이리저리 흔들리느라
눈썹 날리게 지나는 시간 앞에
두 손 두 발 다 들고 맹하니 초점 흐리고 있
는데
초록색 좋아하는 손주 녀석 다가와
그냥 초록색으로 정하면 되잖아요
단번에 주저함 없는 말로 일러 준다

망설임은 긴 그림자로 꽁지 빼며 피식피식 뒷
걸음질
　　그래 꽃보다 풀잎이지
　　그냥 풀잎 한 장에 도장 꾹 찍어 인증 샷
　　참 잘한 것 같은 마음 안심되어 웃어본다
　　순수한 아이가 선생이다

비둘기 눈물

누군가 찍어 올린 사진을 보았다
오수에 졸던 평화로운 공원 귀퉁이에서
까마귀에게 앞가슴 털 뜯기고
길고양이에게 난도질당한 비둘기 사체
구구구거리며 평화와 사랑을 대신하던
하얗고 밝던 노래
이젠 도시 소음으로 청각조차 잃어버린
쉴 곳 없이 떠도는 방랑자가 된 지도 오래
찢기고 피 터지는 처참한 행색이라니

누가, 어디서, 어떤 음모를 꾸몄을까
마음의 싸움이 세상 밖으로 불쑥 찾아왔다
꼭 피를 봐야만 얻을 수 있는 걸까
커다란 고래 대가리 싸움에 새우의 작은 등
날마다 피눈물 멈출 새 없이
찢기고 터진 상처가 상여로 실려 나간다
하얀 비둘기는 슬픈 눈 껌뻑이며
백기를 번쩍 들어 퍼드덕퍼드덕 흔들어도
칠성판에 머리통이 붉은색으로 먼저 떨어져
발버둥쳐 볼 절실한 시간도 없다

보란듯이 맨땅에 새우등처럼 터지고
내장까지 찢겨져 인정사정도 내동댕이쳐진다

더 이상 날아갈 길이 막혔다고
화학 무기로 뒤집어 질 심판의 날 오면
그때, 피비린내로 빨갛게 물들어 죽어가는
내동댕이쳐진 붉은 머리통의 절절한 절규에
구구구 구구 하얀 날개 푸드득 다시 날아올라
푸른 나뭇가지 물어다 창세기를 열 수 있을까?

어, 대머리네

컬러풀한 안경에 패셔너블한 옷차림새
명품 모자 깔 맞춤으로 눌러 쓴
세련미 철철 넘치는 그 남자 심쿵하다

쿵덕쿵덕 널뛰기 한 번이면 하늘 별 따오고
금성 목성 찍기만 하면 쉽고 쉬웠다

쑤욱쑤욱 팔 뻗어 주먹 불끈 움켜쥐면
달나라에서 열심히 방아 찧던 토끼
그만 놀라서 중심 잃고 달 아래로 떨어지고
용꿈 꾸는 강남의 금수저 물은 이무기로
달나라 황제가 스윽 스리슬쩍 바뀌고
내 세상인 건 식은죽 먹기보다 쉬웠다

껑충껑충 징검다리 뛰어 넘어 오면
무서움 없는 세상이 내 안에 다 들어 있다
말 한마디면 전부가 내 것이 되는 세상
얼빠진 어리석은 군상 요리하긴 쉬웠다

번쩍번쩍 하늘 찌르려던 욕심

창조경제*란 허울 이리저리 휘두르며
감히 하늘의 지배자를 농락하더니
옥황상제 비위를 건드렸나 보다
천하무적 황제 노릇하느라 애썼다며
하사하신 은팔찌에 감격했나
명품 모자 벗어 예의 표하는 그 남자
어, 대머리네

* 창조경제 _ 16대 대통령 박근혜 정부가 추진한 경제
  공약 모델.

모기란 놈

벌건 대낮에 감히
방심한 틈을 타고 빙빙 돌다
레이더에 잡혀 든 놈
한 방 날린 손바닥에
여지없이 배 터져 피 솟는
겁대가리 던져버린 놈

야심을 노리며 호시탐탐
살금살금 콩콩
음흉하게 속사포 날려
죄 없는 땅 뺏으러 여기저기
피 무덤 남기는
용광로 화를 부르는 놈

기필코 처단하기로
연막탄 뿌리고 향을 피우면
접근 금지되어
배곯아 실실 말라 포기할까
아니 아니지
아예 씨를 말려야 한다

미사일보다 더 센 원자폭탄으로
따다닥 통구이 전자 그물채로
맛나게 먹어 치우는 잠자리 떼 풀어
전쟁이다, 앵앵 싸이렌 소리
내가 나서 지키자 누구를 믿고 사나
나라가 기우뚱, 흔들리기 시작이다

관 파는 아저씨

영조시대 화성 시전거리에 관 파는 아저씨,

호랑이나 물어 갈 염병할 세상
왜 이리 살기 빡빡한지
보릿고개도 울고 가는 가뭄에
풀칠도 어려우니 어찌 살아갈까
마음은 도둑질이라도 하고 싶은데
나무 해다 관을 짜고 기린처럼 목 늘여도
죽어 나자빠지는 놈 언제 올까 하세월
염병할 세상 염병이나 확 퍼지지
망할 비는 어찌 이리 슬피 울어제끼나
벼락 맞아 정신 나간 마누라에
젖동냥하는 쥐불알만 한 늦둥이 자식에
내 입에 풀칠하고 배 불릴 고약한 욕심이
그만 살고 얼른 가기를 고사 지내는 맘
고해성사가 필요한 알량한 동정심이 죄인이다
아들 태어나면 소나무 심고
딸 태어나면 오동나무 심는다는데
살림 밑천 딸년도 없고
대 이을 아들놈도 염병에 죽어 나가니

소나무 못에 가슴 찔린
몰래 베어 온 오동나무 소리 없이 운다

종착역에서

시간에 균열이 가기 시작했다
링거 줄에 묶인 하루가 숨 막히게 길다
안식년 없이 숨 가쁘게 달려온 시간들
칙칙폭폭 열 뿜어내며 빵빵 빵 기적소리에
눈치가 눈곱만큼도 없는 기차 바퀴는
끝이 있는지도 모른 채 앞으로만 달렸다
내게 주어진 숙명인 것처럼
불평으로 털어내려 움켜쥐고 흔들어 대도
쉽게 떨어지지 않는 찰거머리처럼
시간을 빨리고 또 빨리고 있었던 걸
어째서 뒤돌아보지 않았을까
조금만 생각을 싣고 서행을 했더라면
동백꽃 만발한 역에 도착했을까?
그러나 풍경 좋은 그 역에도
동백꽃이 피 흘리며 빨갛게 떨어지는 건
하얀 매화꽃을 피우려는 발악이려니
이젠 내가 내린 알 수 없는 늙은 간이역에도
균열 생겨 상처 난 일상을 메우는
그런 봄이 하얗게 피어나고 있다

또 다른 세상

하이원 오솔길에서 만난 솔향기는
아귀다툼 같은 전쟁터에서 지친 영혼 정화시
켜준다
잘 꾸며진 정원이 있는
강원랜드 호텔 뷔페로 만찬을 하고
쭉쭉 뻗은 미녀들이 캉캉 춤추는 판타스틱 공연
상류사회 사람 된 것 마냥 우쭐하며
좁은 입구로 보이는 카지노 안 불빛에 유혹 느
낀다

하늘만큼 커다란 호기심으로
잭팟 환상 꿈꾸며 당당히 입장한다
펼쳐진 신세계
동공 확장되고 심장박동 빨라진다
자정에도 문 연 은행
억대 숫자가 돌아가는 전광판 아래
자태 뽐내는 고급 승용차 한 대
둥근 칩 들고 서성이는 사람들 속에
요술방망이라도 튀어 나올 것 같은 기계들
보물이 숨겨진 듯 화려한 기계 속 화면은

쿵쿵 심장박동이 춤추며 마음을 혼란하게 한다

화면 뒤에 숨은 그림 속에 무엇이 있는지
양복 입은 신사 일탈 벗은 상기된 얼굴로
새로운 것을 바라듯 힘주어 버튼을 눌러대고
세미나라도 온 듯 이름표까지 목에 건 캐주얼맨
컴퓨터 자판 두드리듯 힘주어 눌러대고
허름한 시골양반 부러운 듯 팔짱 끼고 구경
한다
술집 포주 같은 인상 험한 아줌씨도
며칠이나 외박한 듯 부스스한 몰골 노숙인 같
은 아저씨도
판도라상자 열듯 꾹꾹 눌러대며 침침한 눈 비
벼대고
휠체어에 앉아 손만 열심히 버튼 향해 돌진하
는 초라한 노인
깔깔대며 키득대며 손 운동하던 젊은이 한 쌍
잭팟이라도 터진 듯 소리소리 질러댄다

세상을 거머쥔 듯 의기양양한 환장 소리

영웅이라도 지나는지 구경꾼 몰려들고
와아~ 부러운 한숨 객장을 꺼지게 한다

정신없이 돌아가는 기계음 소리
애꿎은 담배에 핏대 올리는 소리
쉴 새 없이 눈 돌아가는 소리
씨발 씨발 껌 씹는 소리
장날 시장판 같은 아우성
신세계의 놀라움이 두려움으로 바뀌며
머리가 빙빙 돈다

잭팟 터진 희열감에 달려오고
기계 속에 삼켜버린 인생 찾느라 또 오고
모두가 다 혹성에 붙잡힌 노예같이
기약 없는 미래를 향해 돌진하고
기계 속으로 빨려 들어가는 지폐에
남은 영혼까지 탈탈 밀어 넣어
마음은 고장 나서 아프기 시작한다
거친 한숨 땅 꺼지듯 초점 잃은 눈으로
가족도 버리고 남은 인생도 저당 잡히는

인정사정없는 신세계는
시커먼 탄광 위에 세워진 암흑의 유인원 세상
혹성 같다

화들짝 놀란 가슴 붙잡아 꽁꽁 싸매
뒤도 안 돌아보고 혹성 탈출한다

경고음

잠 설친 날은 삐하고 경고음 울린다
밤새 무슨 꿈으로 시달렸는지
밤새 어딜 다녀오느라
하늘에서 불청객 내려와 괴성 지르며
진흙탕을 맨발로 휘젓고 다녀도
천상엔 모두 깊은 잠 들었는지
소리소리 부르짖어도 대답이 없다
나 잡으려고 달려드는 검은 그림자가
옥죄어 오는데
소리소리 부르짖어도 인기척 없다
두려움보다 외로움이 걷잡을 수 없는
귓속 전쟁터에선
혼자서 방향 없이 총을 쏘아댄다
쓰러지는 적도 없는 벌판에서
정신 나간 사람처럼 벌거벗고 광란의 춤사위다

눈이 고장 나서 소리가 보이지 않는가
동그랗고 커다란 새 안경을 맞추었다
발정 난 개같이 흥분하던 소리
장마 걷히듯 귀에서 소리 울리지 않는다

동트는 아침은 나무 관속이다
이젠 쉬어야겠다
삐~하는 경고음 약해졌다

자연인

울창한 나무가 사는 숲이 물었다
여기는 왜 왔냐고?
새벽잠 깨워 혹사시키고
만원버스에 눌려 콘크리트 속으로 출근해
죽기 살기 일하느라 숨 막혀 죽을 거 같아
풀죽은 파김치 되어 후줄근한 몸
여기 뉘어 늦잠이나 편히 자려 왔다고

산소처럼 시원한 자작나무 숲이 물었다
어디 살다 왔냐고?
자궁 속을 탈출해 하나님이 정해 주신
젖과 꿀이 흐르는 가나안 땅인 줄 알고
그림 같은 집 짓고 잘 살았는데
서로 피터지게 죽이고 죽는 전쟁 통
광적인 놈들이 나서서 판치는 개 싸움판
하늘이 깨지고 땅이 터져 여기저기 피비린내
숨이라도 시원하게 쉬자며
소돔과 고모라 같은 지옥에서 도망 왔다고

햇살 받아 반짝 빛나는 숲이 물었다

어떻게 살려 하냐고?
찢기고 망가진 상처투성이 몸뚱아리
아낌없이 받아주는 곳
마음대로 부는 바람 마시며
믿는 땅만 파먹고도 살 수 있는
젖과 꿀이 흐르는 가나안 땅
유토피아라고

3부
그곳에 가서야 보았다

무량사 영각 앞엔 뽕나무가 있다

뽕나무가 뽕하고 방귀를 뀌니
대나무가 대끼놈! 야단을 쳤다는데

글공부엔 아예 관심 없는
때도 없이 방귀만 뀌어대느라
꾸중 듣고 핀잔 들으며
곰방대로 늘 머리를 맞아
돌머리 되었으려나
이래도 대끼놈! 저래도 대끼놈!
주눅 들어 기 한번 못 펴고
제멋대로 볼품없는 어정쩡한 모습
그래도 스승이라고 몇백 년을
무량사 영각 매월당 초상화 앞에
꿈쩍도 아니하고 제자리 지키고 있다
서당 개 삼 년이면 글을 읊는다는데
글은 못 따라가도 생육신 절개 지조는
세찬 비바람 속에서도 영겁의 세월을
푸릇푸릇 창창 존재감으로 빛나는
늙은 뽕나무 한 그루
뽕 ∼

양팔저울

커다란 양팔저울에 올라서서
반대쪽에 남편을 올렸더니
땀 흘리며 살 빠지게 벌어 온 돈
알뜰살뜰 챙기느라 굳은살로 묵직한
내가 쑥 내려가고

이번엔 아들을 딸을 올렸더니
자나 깨나 근심 걱정 덕지덕지 붙은
역시 무거운 내가 쑥 내려가고

그래, 이번엔 손주를 올려보자
내 손바닥에 똥을 싸도 예쁘기만 한
어라!
이제는 내 입꼬리가 쑥 올라가네
하하 호호 껄껄

엔돌핀이 무게 줄이는 최상급이네

재봉틀

달달달달
귀에 익은 소리에 눈을 떴다

보너스 받는 달이면 어김없이 쉬는 날 기다려
이른 새벽 경인열차에 몸을 싣고
왕복 서너 시간 걸리는 동대문시장으로 달린다
양손에 몸뚱아리만 한 보따리를 들고
만선의 깃발 날리며 돌아오는 선장 얼굴처럼
한가득 웃음 휘날리며 즐거워한다

누더기를 걸치고 살아도
먹고사는 것이 더 귀했던 시절
사치처럼 꼴같잖아 보이는 취미라고
화내는 엄마 폭풍 잔소리는
뱃고동 소리에 묻혀 허공을 맴돌고
마냥 신바람 콧노래 부르며
애인 같은 재봉틀에 기름칠 한다
커다란 리본 달아 알록달록 단추 장식한
귀여운 원피스 만들어 입힐까
어깨에 셔링 잔뜩 넣고

허리에 주름 촘촘히 잡아
공주처럼 예쁜 드레스 만들어 입힐까
멜빵 달린 모던한 신사바지 만들어 입힐까
세련된 개량 한복 만들어
엄마 폭풍 잔소리 풀어 볼까

달달달달
손으로 돌리고 발로 밟으며
설렘 가득한 사랑으로 날개를 만든다
만선 가득한 포만감에 행복했을 아버지
어쩜 엄마의 폭풍 바가지가 아니었다면
또 다른 앙드레김으로 깃발 날리지 않았을까
아직도 베란다 한쪽에 자리 잡고 있는
아버지 손때 묻은 재봉틀
쌓인 먼지 닦아 내니
만선 깃발 날리는 뱃고동 소리 들린다
달 달 달 달

이중국적자

나는 두 나라의 시민권을 가졌어요

꽃이 아름답게 피지만 때가 되면 시들지요
그런데
변하지 않고 영원히 피어 있는 나라가 있어요

좋다는 거 다 먹고 뽐내는 몸매도
병원 신세 친구처럼 때 없이 찾아오지요
그런데
아플 일 없어 병원 필요 없는 나라가 있어요

아둥바둥 전쟁처럼 살지만 언제나 패잔병 같은
힘 빠지는 세상
공회전 같은 헛바람에 등골 빠지지요
그런데
돌아가 편히 쉴 안마의자 같은 나라가 있어요
그곳은 전쟁도 미세먼지도 없는 청정지역이지요

이 땅의 시민권은 유효기간이 있지만
천국의 시민권은 유효기간 없이 영원해요

나는 행복한 이중국적자예요

이상한 하나님

동정녀의 몸에서 탄생했다는
이해할 수 없는 상식인데 믿으라 한다

속절없는 화풀이로
오른뺨 맞으면 왼뺨도 내밀라 한다

미꾸라지 같은 온갖 술수로
속옷을 벗겨 가면 겉옷까지 거저 주라 한다

까닭 없이 해하며 고통으로 피눈물 나게 해도
원수를 조건 없이 사랑하라 한다

쫄딱 망해서 빚더미가 산더미인데
그냥 감사하라 한다

입에 풀칠도 버거워 하루가 천근인데
두려워 말고 남을 도우라 한다

온몸이 병들어 차라리 죽고 싶어도
죽음조차도 기뻐하라 한다

십자가에 못 박히며
원초적인 나의 죄를 위해서라 한다

이상한 하나님이 만든 그런 세상은
에덴동산 같은 천국일까

뺄셈의 달인

백세까지 숨 쉬며 산다면 36,500일
세상만사가 그냥 그렇게 그날만큼 굴러가지만
뺄셈의 달인 앞에선 눈 깜짝 순간
뾰족한 별다른 재간 없이 가버린다
산수를 좋아하지도 잘하지도 않았는데도
소낙비도 빼버리고 함박눈도 빼버리고
태풍도 빼기로 빠져나가고 기막히게 뺄셈 잘
한다

가차 없이 빼는 실력은, 눈 감고도
한 치 오차 없는 정확한 답 맞춘다
그날을 어찌 그리 미리 아는지
신출귀몰 귀신도 기함할 실력은
때로 질투 날 만큼 얄밉고
때로 인정머리 없는 싹수 원망스럽다

너무 울어 시끄럽다고 빼버리고
너무 웃어 샘난다고 빼버리고
너무 씩씩해서 건방지다고 빼버리고
너무 욕심 많아 꼴 보기 싫다고 빼버리고

너무 간사한 약을 팔아 쓸데없다고 빼버리고
너무 오냐오냐 버릇없다고 빼버리고
너무 고생하는 모습 안쓰럽다고 빼버리고

애교 부리며 사정사정해 보아도
금두꺼비 뇌물 공세해 보아도
꿈쩍 않는 요지부동이다
가히 뺄셈 장인이고 달인이다
하루를 빼고 또 하루 또 하루를 매일 빼면
정답은 영이 되는데
숨 쉴 수 있는 날은 자꾸만 뺄셈이다
더 이상 뺄셈에 재미없어지면
남은 수를 한꺼번에 곱해서 빼 버리는
무책임하고 무정한 싸가지 달인이다

탄광촌

사계절을 검게 칠해 놓은 마을
산자락에 쭉쭉 뻗은 시커먼 나무 사이로
검은 바람이 폭풍처럼 불어오고
빨아 널은 하얀 광목 이불은
금방 검은색으로 염색이 된다

단칸방 아홉 식구의 생계를 책임진 어깨는
무덤 위를 내리누르는 돌덩이처럼
발버둥 칠 수도 없을 만큼 무겁고 힘겹다
검은 공기 마시며 하루를 시작하고
까만 분진 속에 숨겨놓은 하얀 꿈이
마스크 속에서 하얀 이를 드러내며
이리저리 숨넘어가도록 꿈틀대도
죽은 듯이 꾸역꾸역
영월 가는 솔개바가지* 삭도에
기름칠하는 일을 반복한다

육이오전쟁 때 포탄 맞아 짧아진 다리
절룩거리는 아픔은 아물지 않았지만
고운 모시 한복에 부채 춤사위 멋들어지고

이은관 명창 뺨치게 배뱅잇굿 가락을
하얀 빛깔로 뽑아내던 아버지
한 달 배급표 받는 날엔
대폿집에 앉아 막걸리 한 잔 입 맞추며
때 빼고 광내고 하얀 수건 포켓 칩
각 잡아 다림질로 멋 낸 양복으로 단장하고
시내 영화관에 출연하여 최은희와 밀회를 즐기며
유명 배우들이 활보하는 명동거리의
잘생긴 남자 주인공도 되어 보며
설렘으로 하얗게 취해 즐거워했다

꿈틀거리기만 하며 기지개 한번 못 켜던
기억조차 남기기 싫은 검은 추억의 페이지
영월 가는 솔개바가지에 실려 도시로 밀려 나오고
지금은 예쁜 그림 마을이 되어 있는 탄광촌
부채춤 추고 창 부르던 아버지의 소박한 꿈이
하얗게 피었다가 다시 검게 염색되던 그곳

* 솔개바가지 _ 케이블카 삭도에 매달린 탄 바가지. 석
  탄을 나르거나 교통수단으로 이용되기도 했다.

애연가

작심삼일이어도 시도조차 않는 건
한 모금이 죽이게 맛나기 때문이다

쭈~ 욱 한 모금 깊이 빨아
후~ 우 길게 하얀 연기 뱉어내면

천년 묵은 산삼이라도 캐 오라고
바가지 박박 긁는 아내도 눈 녹듯 용서된다

자존심 팍팍 후벼 파며
갑질해대는 김 부장도 한방에 날려버린다

금수저로 태어나지 못한 억울함도
깊숙이 목젖으로 소리 없이 감춰버린다

서로 잘났다고 쌈질만 해대는 세상도
뻐끔뻐끔 연기로 지나는 바람에 훅 날려버린다

한 모금이 세상 죄 지고 십자가에 달린 예수
님도

감히 구했다면 나만의 착각일까

애인 같은 예쁜 아가씨 미소에 피곤이 녹는
오늘도 담배 사러 천국 같은 편의점에 간다

그곳에 가서야 보았다

총탄구멍 자국에서 붉은 연기 피어오르는
철원의 노동당사를 지나
태극기 언덕을 올라
산 너머 보이는 김일성고지
붉게 물들었을 그날이 보였다

죽을 때까지 사수해야 하는 명령
방향을 알 수 없이 날아오는 총탄에
총알 박힌 정강이 허벅지는 꿈쩍을 않고
옆구리를 움켜쥐고 쓰러져
끊어질 듯 가쁜 호흡 위로 희미해져 가는 기억
그래도 눈동자에 힘주며 부릅뜬다
가늠할 수 없는 시간 얼마나 흘렀을까
들것에 실려 질질 끌려 내려오며
다다다 총성 울릴 때마다 이리저리
내동댕이쳐지던 피범벅 된 몸뚱아리
어디로 가고 있나 의식 없는 영혼
아프다고 그만하라고 울부짖었을 메아리

반세기가 지났는데도

여전히 붉은색인 김일성고지
아버지 부릅뜬 눈동자가
수호신처럼 아직도 맴돌고 있는

그곳에 가서야 보았다

댓글

조금씩 내리는 가랑비에 가만히 젖어도
축축하고 우중충하고 무겁고 버거워
마음은 점점 깊은 바다로 저항 없이 빠져간다
벗어버리고 싶지만 갈아입을 옷이 없다
짓누르는 무게가 어두운 스올* 속에 헤맨다
크레셴도로 점점 장대 같은 비가 되어
소낙비처럼 죽죽 내리 퍼붓기 하면
빠르게 흠뻑 젖어 벗기조차 힘들고
차라리 숨통 끊어 버리고 싶은 강한 유혹
힘없는 사지는 뻣뻣하게 마비된다
젖은 장마 끝나고 반짝 해 나면
드러난 알몸이 얼마나 뜨거울까 소름 돋게 두
렵다
뙤약볕에 발가벗은 기분은 가늠조차 데크레셴
도로
감당하기보다는 어둠 속으로 피하고 싶음에
피아니시모로 한없이 작아지는 숨 고르기
이글거리는 태양 앞에 어디로 숨을 수 있을까
홍수가 나더니 아슬아슬 버티던 뚝 뻥 터져버
리고

86

결국은 심장이 굳어 차라리 끝장내고 만다

* 스올 _ 죽은 자들이 모두 들어가는 지하세계

하얀 철쭉꽃

어둠 한 줌도 찾을 수 없는 곳
밝고 환한 그곳에
아버지는 봄이 오는 내내
하얀 새집을 지었다
새집으로 이사 갈 설렘일까
손꼽아 기다린 것처럼
철쭉꽃 흐드러지던 어느 날
망설임 없이 훌쩍
하얀 손 흔들며 파란 하늘로
그렇게
아버지는 이사를 가버렸다
이삿짐이래야 낡은 성경책 한 권
빈 몸만 달랑 주민증도 필요 없는
편하고 안락한 새집
두고 가는 것이 아쉽지 않을까
미련조차 남기지 않은 이삿짐
화장대 서랍 속을 맴도는
아버지의 빛바랜 주민등록증만
먼지처럼 쌓인 그리움 한 줌
하얀 철쭉꽃 향기 울컥 쏟아낸다

꽃 하나 품고 산다

가슴에 꽃 하나 품고 산다
무슨 꽃을 피워야 할까

벌레만 잡아먹는 식충이 꽃일까
향기 없이 도도하고 거만한 꽃일까
행여 역한 냄새로 홀로 외로운 꽃일까
사랑으로 아름다운 자태 고운 꽃일까
가시만 무성한 사나운 꽃일까

어느 날
꽃의 여왕 장미가 불평한다
그냥 예쁘기만 하면 될 텐데
왜 제게 가시까지 주신 건지요
하나님이 대답한다
장미에게 결코 가시를 준 적 없다고
다만 가시나무에게 예쁜 꽃을 주었다고…

누구나 가슴에 꽃 하나 품고 산다
어떤 꽃을 피워야 할까

문신이 아프다

무지개는 빨간색이 일등이라
그냥 빨간색을 좋아했다

이유 없이 돌팔매로 비난받고
주홍글씨처럼 달고 다닌 오류
지워지지 않는 용서가
또다시 칼을 겨누고
돋보기 쓰고 피터지게 눈알 굴리면
빨갛게 충혈된 돋보기에선
작은 먼지조차 핏방울로 흐른다

없는 죄도 생기는 숨통 막히는 세상
안 걸릴 것 없고 숨을 곳 없는 세상

보이지 않던 자폐아 같던 마음
지워도 흔적 남는 문신처럼
상처 난 구멍이 보일 땐
빨간색 품은 무지개가 원망스럽다

빨간색이 7등으로 구석에 밀려 있다

열대야

가뭄에 논바닥 쩍쩍 갈라지듯 갈라져
흔들리는 기둥뿌리 붙잡고
환도뼈가 부서지도록 버티며
진돗개처럼 물고 늘어지니
하나님도 어쩔 수 없나 보다
두 손 들고 항복하지 않을 재간 있을까

빠져나갈 터널의 끝이 안 보여
얼음물 한 바가지 쫙쫙 뒤집어써도
아무런 느낌도 없이. 좀비처럼
미로 속만 헤매는 소리 없는 전장
불나방처럼 이리저리 촉 세우면
목숨 부지하고 그런대로 살아져 간다

그까짓 자존심이 뭐라고
파리도 두 손 싹싹 빌며
살길 찾아 목숨 부지하는데
못 할 일 뭐 있을까
죽자고 살자고 악 악 악을 쓰며
불야성 같은 동대문 한복판에서

기적처럼 찾은 새벽 빛
커다란 옷 보따리는 시원한 폭포수다

4부

색다른 맛

영산홍

영 안 올 듯 기미가 보이지 않아
꽃눈에 서리 내렸다는 소식
괜찮을까 밤새 뜬눈으로 안달이다

산 너머 발걸음 재촉하는
연둣빛 치마 자줏빛 빨강 저고리 입은
중매쟁이 엉덩이 실룩실룩 바쁘다

홍 홍 홍 홍
꽃 바람난 처녀 총각 연분이 따로 있나
가지가지 동네잔치 시끌벅적 난리다

파도는

순간 거칠게 달려드는 파도
무엇 때문에 성이 났을까

매운 닭발 먹은 것도 아닌데
시뻘건 열방망이 같은 분노
바다 밑 깊은 곳에서 훅 치밀어 오르고
머리끝까지 불붙듯 확확 분이 치솟는다
선풍기 앞에 머리 디밀어
식은땀이라도 식힐라치면
무서운 듯 벌써 저만치 달아나 버린다

모처럼 바람 한 점 없는
잔잔한 물결 일렁이면
애꿎은 서러움 같은 것 마구 밀려온다
울컥 울음 쏟을 것 같아
눈부시게 파란 하늘 끌어안고
지나는 갈매기노래 한 소절에 귀 기울이며
부서지는 마음 다독인다

수평선 너머 떠오르는 태양에

막걸리 한잔 걸친 듯
사과처럼 발그레 익는 얼굴
들키고 싶지 않아 안절부절 부절안절
포말처럼 퍼지는 하얀 파도가
얼른 삼켜버려 감추어 버린다

무슨 고민이 많아 그리 철썩일까
밤새 이리 철썩 철 저리 썩 철썩
새벽닭 울 때까지도 뜬 눈이 밝다
파도도 갱년기를 앓는가 보다

색다른 맛

그녀 눈은 언제나 이글이글
장작불 타는 냄새 난다
시멘트 냄새에 폭 삭은 몸과
주식으로 구멍 뚫린 허전한 마음도
그녀의 불꽃 같은 눈 마주하면
성내며 몰아치는 깊은 파도
분간 못하는 숭어 떼처럼 미친 듯 뛴다
불에 달구어진 시뻘건 심장은
천지개벽하듯 광풍처럼 몰아쳐
주체할 수 없이 더 깊이 빠져들어
그녀의 입술에 찐한 키스 한다
달콤하고 강한 체액 목을 타고 내리며
강한 체취가 코끝 감전시키면
짜릿한 절정에서 헤어 나오지 못하고
일렁이던 뇌 속은 마비되어, 그렇게
그물에 걸려 어디인지 알 수 없이 간다
그녀의 불덩이 같은 몸에선
내 몸도 용광로처럼 활활 타고
타고 타서 까만 재만 남는다
벗어날 수 없는 찐한 유혹의 향기

가시에 찔려 피눈물 흘리고서야
파리지옥에 빠진 걸 알았다
돌이키기엔 너무 늦은 함정

빨간 장미, 그녀와는 불륜이었다

같이 살자구요

메뚜기만 한 철인가요
길어야 두 달 사는 나도 한 철이에요
암컷만 피 냄새를 쫓아다니지만
남자만 좋아하는 건 아니에요
향수 냄새 풍기는 예쁜 여자도 좋아해요
알고 보면 겁 많고 연약한 여자예요
당신이 화내면 무서워 발발 떨면서도
죽기 살기로 덤비는 건
먹고 살자니 어쩔 수 없어요
그러니 한 모금만 양보해요
눈곱만큼도 안 되는 수혈로
생색내며 방방 티 내지 말아요
불쌍히 여기는 맘으로
아까워 말고 기꺼이 헌혈 나눔으로
폼나는 기부천사 되어 봐요
우린 피를 나눈 형제 사이되는 거예요
사이좋게 동거하자고요
짜증나게 더운 여름이라고
혈압 올리며 열 받지 말아요
별이 총총한 여름밤

모깃불 앞에 모여 도란도란
옥수수 수다 꽃 피우는 것도
모기채 들고 이 방 저 방
손주와 깡충거리는 놀이도
모두 내 덕이지요
이런 나를 해충이라고
수억만 분의 영점일(0.1)도 안되는
피 쬐끔 뺏어 먹었다고
죽이기로 온갖 수단방법 동원
전쟁을 선포하다니
내가 없으면
세상사는 거 재미없지 않을까요
나 같은 미물도 그런대로 필요하니
태초만큼 오래전
하나님이
나를 노아방주에 실어 살리셨겠죠
창조하신 아름다운 세상
조금씩 나누면서
재미있고 사이좋게
같이 살라는 하나님 뜻인 거예요

짝사랑

시간을 잊고 긴 꿈을 꾸었다
속앓이하던 길고 긴 꿈
드디어 날개 펴게 되었다
꿈만 꾸던 내 마음 알아 주겠지
혼자만의 긴 몸부림이
심한 갈증으로 목이 타고
탈수되어 쓰러져
엠블런스에 실려 가더라도
힘껏 처량한 날갯짓을 한다

고백할 수 있는 절호의 기회
긴 기다림의 끝을 향해
죽을힘으로 맴~맴~ 매에 엠~
하이톤으로 사랑 고백한다

그런데 이상한 일이다
가슴 속에서만 맴~맴~ 맴도는
짝사랑이 발버둥치는 서글픈 소리
허물 벗느라 진이 빠져
목소리를 잃어버린 기형이 되었을까

기운 빠져 사랑이 지쳤을까
탈진하도록 애절한 눈빛으로
목청껏 외치는 절절한 무음
용기 내어 수컷의 신호를 보내도
알아채지 못하는 거 같아
벙어리매미 속은 새카맣게 타고 만다

목련이 터졌어요

소리소문 없이 침입하더니
비명 지르는 입마저 하얗게 막아버렸어요
땅 꺼지는 한숨에 조바심만 났지요

그런데 무슨 일일까요
뻥튀기아저씨 콧노래가 바쁘네요
무겁던 묵은 먼지 훌훌 털며
서둘러 나갈 채비를 하네요
뻥튀기 기계에 이리저리 기름 치고
털털거리는 녹슨 보물 1호지만
리어카 바퀴에 바람도 빵빵 채웠어요

봄바람이 고소하고 달콤한 장날
꽁꽁 싸맨 묵은 보따리들 안고
주춤주춤 구경꾼 몰려들어요
뻥튀기아저씨 뻥 소리에
환호하며 목련꽃 빵빵 터지네요
설움도 근심도 아픔도 뻥 튀기면
하얀 목련꽃 빵빵 웃음 터져요

행복을 튀기면 웃음 배가 되고
시름을 튀기면 예쁜 꿈 피어나요
뻥 소리에 환호하며 목련꽃 빵빵 터졌어요

도치

사람들은 나를 심통이라 부른다
시집 못 간 노처녀 골이 난 듯
심통스런 작은 눈
빵빵하게 부풀린 올챙이 배
한 접시는 족히 나올
넙대대한 입 삐쭉 내밀고
주먹만 한 배꼽 발판으로
바위에 착 붙어 물렁물렁
우스꽝스러운 도치

못생겨 기분 나쁘고 쓸모없다고
무시당하며 내던져버린
아무렇게나 이리저리 굴리며
발로 툭툭 축구공처럼 차이더니
몰랐던 별미로 문전성시
이리 귀한 대접 받을 줄이야

사람 일이란 알 수 없는 것
어제와 오늘이 같지 않듯
상황은 무시로 수시로 변하는 것

고추 달고 나오지 않았다고
언제나 찬밥 신세
새 옷 한번 입어 보지 못하고
내 것 하나 가져 보지 못하고
심통 빵빵하게 부려봐야
이리저리 동네북처럼 툭툭 차이고
쥐어박히기 일쑤

제구실도 못 할 것처럼
무시당하는 미운 오리 새끼 설움
어깨너머로 흘끔거리며
빨판처럼 버틴 눈칫밥
사법고시 합격하여 판사 신분 되니
자랑자랑 가문의 영광
이리도 귀한 대접 받을 줄이야

말짱 도루묵

반지르르 윤기 나는 도루묵
제철 만나 그물 가득 걸려 올라오는데
이리 뛰고 저리 뛰고 갈팡질팡 난리법석이다

비늘 없는 몸매 파닥파닥 빛이 나면
진주알 가득 품은 불룩한 배는
추운 햇살에 은백색 광채를 뿜어대고
자만심 가득한 눈동자는 이리저리 굴러다닌다

태곳적부터 인어의 눈물로 채워졌을 불룩한 배
한 알 한 알씩 진주알이 터져 나올 때마다
피보다 진한 끈끈한 점액질이 스멀스멀
영혼 속으로 거머리처럼 밀려 들어와
오감을 마비시키며 부르르 경련을 일으킨다
알 수 없는 미각은 멈출 수 없는 유혹 되어
임금님 수라상에 은어로 환생해 진수성찬이
된다
꿈에도 잊을 수 없는 짜릿한 맛에 중독된 임금
수렁 속에 빠져 헤매는 영혼 없는 지배자가
된다

예정되어 있는 진실 농단
겁 없이 높이 뛰던 헛발질일까
용트림 같은 호통에 깜짝 놀라서
진수성찬 수라상은 엎어지고
은빛 반짝이던 뱃속 속절없이 터져
진주알 내장 한꺼번에 입안으로 들어와
와르르 터질 때에야 그 맛을 알았다

은어가 아니라는 것을
본래부터 말짱 도루묵이란 것을

나쁜 비

햇빛 받지 못해 누렇게 뜬 얼굴
보고픈 것 맘껏 볼 수 없는 감옥
시름시름 결핵환자처럼
한없이 꺼져가는 네 모습
슬픈 너를 안고 싶다고
거실 안을 기웃거리는 벚꽃만 안달이다

너를 만지며 네 찬사를 받으며
화려한 자태 뽐내기를, 몸 떨며
그렇게 견딘 춥고 어두운 고초당초 시절
새까만 몸에서 매서운 껍질 벗고
뽀얗고 하얗게 피워내기가 그리 쉽던가

벼룩의 간을 빼 먹지
며칠 반짝 살다 가는 운명인데
그것도 봐주지 않고
이리도 야속하게 주룩주룩
무얼 잘했다고 울며 쏟아 내리는지
다 잡아 먹고도 뭐가 그리 억울할까

나쁜 비가 슬프게 내리는 봄날 오후

벚꽃 비가 내리던 날

솜사탕처럼 하얀
벚꽃 속을 걷노라면
마음껏 커다란 숨 쉴 수 있어 좋다
이대로 백년 좋은 숨만 쉴 수 있을까

공장 굴뚝 검은 연기 보이지 않아 좋고
자동차에서 뿜어내는 매연 냄새 나지 않아 좋고
흙먼지 황사 바람 불지 않아 좋고
민생들 상처 내는 정치판 안 보여서 좋고
세월호 침몰시킨 무능한 세상 보이지 않아 좋
은데
심술궂은 봄님 시샘하듯 비바람 몰고 온다
두 손 펼쳐 바람에 날리는 꽃잎을 받아 보지만
바다보다 넓은 세상 다 덮을 수 없어 숨 막힌다

검은 연기 까만 가슴 되고
매연 냄새 호흡 곤란해지고
황사가 눈 따갑게 하고
하얀 세상 얼룩으로 더렵혀지고
자식 잃은 슬픔 숨 한번 크게 쉬지 못하고

아프고 저린 가슴들 답답한 숨 몰아쉴 텐데

아름다운 벚꽃 비가 가슴 시리게 한다
푸른 새순 우산 되어 따스히 안아 줄
또 다른 날 기다리며 시린 가슴을 여민다

첫눈 내린 날

첫눈 오는 밤 길게 뒤척였다
밤새 눈 내리는 소리가 시끄러워서
뜬눈으로 아침 맞았다
푸석푸석 찐빵같이 부풀은 얼굴
다소 진하게 이리저리 포장하며
들떠서 설레는 마음 진정시켜 본다
새로 산 모직원피스에 빨간 코트를 입고
무릎까지 오는 부츠 신고 걷는 눈길
두근두근 콩닥콩닥 눈 밟는 소리 경쾌하다
느리게 달리는 버스가 속이 터져도
빨간 코트는 웃으며 차창에 눈사람 그린다
어떤 모습일까
쌍꺼풀 진한 눈이면 좋겠다
코는 오똑하고 매부리코가 아니면 좋겠다
늘씬하니 키는 크고 작고 동그란 얼굴에
입술선이 남자답게 선명하면 좋겠다

크리스마스트리 화려한 카페 문 여니
진한 커피 내음 심하게 흔들흔들한다
시야가 안개처럼 뿌연 안경 너머로

손 흔드는 눈사람 눈에 확 들어온다
아! ~
한순간 눈사람 스르르 녹아내린다

매부리코에 쌍꺼풀 없는 작은 눈
넙대대한 입 모양에 별로 크지 않은 키
어색한 정장에 빨간 넥타이가 거슬린다
숱이 많은 하이칼라 머리가 전혀 멋지지 않다
커피 대신 쌍화차를 시키는 엇나가는 매너
세련되지 않은 대화에 커피 맛은 사약처럼 쓰다
새하얀 꿈이 산산이 부서져 휘날리는
폭설로 내린 첫눈 발걸음 천근만근이다

소리쟁이 풀

어스름 해 사립문 열고 찾아오면
엄마는 살그머니 일어나
건넌방 시부모에게 문안 올리고
뒤뜰 장독대에 아침 인사 하며
얇은 몸뻬바지의 고단한 하루를 위로 받는다

어제 논두렁에서 뜯어 온 타원 피침형 소리쟁이
물결무늬 잎 모양을 한 날씬한 새순이
엄마의 손길에서 된장국에 목욕재계 기다리며
오늘은 어떤 소리로 맛을 낼까 궁금하다

시아버님 헛기침 소리 어~시원하다
시어머님 묘한 빈 소리 간이나 맞으세요?
남편 허파 바람 빠지는 헛소리 좀 싱겁게 해
아이들 눈치 없는 소리 맛있다 더 주세요
엄마 귓등에는 들리지 않는 무표정한 소리

오늘 아침에도 소리쟁이는 엄마 마음 알아
절로 맛있는 소리 내며 등을 토닥인다
확성기 소리로
힘내~

개심사에 천국잔치 열리다

구름 사이 언뜻언뜻 보이는
햇살 먹고 잘 여문 뱀딸기
빨간 속 드러내지 않고
차가운 혀를 날름거려도
결코 곁눈질 힐끔거리지 않으며
돌아보지도 않으리라
이 길이 분명 천국 문에 이른다면
끈적끈적한 습기가 잡아당겨 막아도
마다하고 주저없이 뿌리치리라
십자가 지고 골고다 언덕길 오르는
고뇌도 이처럼 고행 길이었을까
신음조차 침묵하며 오르는 언덕길
잠잠히 범종 소리 들리는데
개심사 연못에 걸친 통나무다리는
육중한 발걸음 무게에 켜켜이 눌려
힘겨운 신음소리로 통곡한다

겨우 범종각 난간 앞에 우뚝 서
십자가 내려놓고 숨 고르면
상왕산 위로 청록색 물들인 지성소

하늘 가르고 열린 문으로
아미타 삼존불 두 손 검지 중지 맞대
수정 박은 맑은 눈으로 미소 짓는다
십자가 벗은 중생은
단숨에 해탈문 지나 극락문에 이른다

개심사 청벚꽃 왕벚꽃 천국잔치 분주하다

하나뿐인 선물

넝쿨장미가 선물처럼 설레는 오월
수줍음 타고 눈물 많은 감성 남자
운명처럼 누나친구를 좋아했지
작은 몸매지만 기댈 수 있는 가슴
빙하도 녹아드는 따뜻한 미소
야무지고 똑소리 나는 성품까지
파란 사파이어같이 빛나는 그녀에게
홀딱 빠져들어 한없이 반했지
쥐뿔도 가진 것 없으면서
덜컥 결혼해서 불쑥 애도 낳았지
첫 번째 결혼기념일이 됐어
선물 살 엄두 감히 낼 수도 없었지
고민하다 퇴근길에 번쩍 떠오른 생각
밤이슬 헤치고 동네 공원으로 나갔지
달빛 받아 빨간 루비처럼 빛나는 넝쿨장미
공원 울타리를 지키고 있는 거야
밤늦도록 백 송이를 정신없이 꺾었지
핑크빛 포장지에 예쁜 꽃다발을 만들었어
백번의 키스 찍힌 편지를 접어
와인이 담긴 예쁜 바구니에 소담히 담아

촛불도 하나 켜고 화장대에 올려놓았지
루비알 백 개가 반짝이는 황홀함
장미처럼 볼이 빨개진 그녀가
가시에 찔리지도 않았는데
아침햇살 같은 진줏빛 눈물 흘렸어
수줍던 남자 가슴도 붉게 타올라
넝쿨장미처럼 주체할 수 없이 피었지

5부
밴댕이 소갈머리가 웃었다

백수 탈출

구름 사이 비집고 나온 햇살
자궁 열고 나온 아기 얼굴처럼 빛난다

정체되어 줄지어 서 있는 차량들
그 틈바구니에 타야 할 버스 보인다
반가운 마음 손 흔들며 달려갔는데
내리는 사람 없는지 문도 안 열고
정체된 차량 속에 묻혀 그냥 지나가버린다
햇살처럼 윤기 나게 차려입은 옷 속으로
폭우처럼 땀이 줄줄 흘러내린다
우산 없는 몸 금방 후줄근 구겨진다
신호등 꺼진 길 한복판에 서서
어디로 가야 하나 방향 못 찾고 서성인다
바쁜 인파와 질주하는 차량 위협적이다

언제쯤이나 정체 풀린 고속도로 위를
리무진버스 타고 휙 바람 가르며 달릴까
구름 속을 비집고 그곳에 내릴 수 있을까
햇살 같은 아기 품에 안고
얼럴럴 까꿍 환하게 웃을 수 있을까

찹쌀떡에 딱 붙인 자기소개서
드론 타고 정체 속을 비집으며 질주
드디어
운전면허도 따고 할부로 새 차 뽑았다

그날이 그립다

봄볕에 축포 쏘아 올리듯
여기저기 톡톡 팝콘 터지는
달콤하고 고소한 소리
겨울잠 자던 세포들 준비운동도 없이
참을성 없는 몸부림으로 아우성인데
아차차 코로나19 철문 굳게 닫힌 줄 몰랐다
있는 힘 다해 밀어 봐도 요지부동이다

무얼 잘못했을까
무슨 죄를 지었을까
분별없는 사악한 인간에게 향하신
하나님의 섭리일까
포효하는 표범처럼 굉음 내며
드라큘라 이빨 으르렁대는 요단강을
잠재울 수 있는 방법은 없는가

하루하루 속절없이 죽어가는 시간
세월 아끼며 살아가야 하는 나이인데
충전 덜 된 안테나 촉을 세우고
창가로 다가가 콧구멍 벌름거리며

사슴처럼 애절한 눈빛 쏘아대면
잠시 다녀갈 벚꽃 문 활짝 열어 반겨줄까

경칩에 놀란 개구리조차 눈치채고
소리 내어 힘껏 울지도 못하는데
너나없이 애먼 가슴은 쩍쩍 갈라지는데
살랑살랑 철없이 부는 꽃바람 야속하다

얍복강*에 엎드려 동틀 때까지
무릎에 멍이 들도록 용서를 빌고 또 빌면
하나님 마음 움직여 닫힌 문 철커덕 열릴까
야곱처럼 절뚝절뚝 다리를 절더라도

* 얍복강 _ (창세기32:24) 밤새 하나님과 기도로 씨름하
  여 응답받은 곳. 하나님이 이기지 못함에 야곱의 환도
  뼈를 부러뜨려 축복하신 곳. 야곱이 절게 됨.

125

마스크 속 독백

아무래도 때가 되었나 보다
끝 모르고 치닫는 난장판이다
불가사의한 신비스런 잉카 마추픽추 유적도
한순간에 사라졌는데
무슨 영광을 그리 보겠다고
무엇을 역사에 그리 남기겠다고
영광은 잠시 물거품인데
어찌 쓸데없는 허세 부리는지
가족을 벼랑 끝으로 내몰고도
여전히 당당한 모습이다
무엇이 가면 없는 모습이고
무엇이 거짓말 아닌 것인지
부모 마음 다 같다지만
메뚜기도 한철이라고
가졌을 때 맘껏 누리려고
금방망이 휘두르며 쌓은 스펙
결국 내리막으로 치닫는 걸
철 지나 어디로 처박힐지 모르는 일
눈 가리고 아웅하며
세상은 중병 들어 가는데도

모두가 제정신 아니다
어떻게 사는 게 잘 사는 걸까
무엇을 남기고 가야
천년 뒤에도 불가사의처럼
되살아 빛이 날 수 있을까
하나님! 제발 이 땅에
솔로몬 재판장을 다시 보내주세요

잊혀지는 것들에 대하여

캐럴이 사라진 우울한 거리
수만 개의 불빛 성탄절을 밝히고
흰 눈 사이 썰매 타고 신나게 달리는
빨간 모자 싼타할아버지를
밤새 기다려보지만
등대 같던 캐럴 소리 벙어리처럼
성대 수술로 음 소거되고
안개 같은 뿌연 먼지에 가려
방향 잃은 싼타는 오지 않는다

점점 불빛마저도 밝힐 수가 없는 세상
분명 올 텐데
싼타할아버지도 치매 걸린 것처럼
가물가물 기억이 실종되는
암흑 같은 세상으로 침몰해가는 때가
분명 올 텐데
캐럴과 궁합 잘 맞는 싼타할아버지를
생이별시킨 냉랭한 세상
미세먼지만 소리 없는 축제로 쓸쓸하다

내 아들의 아들의 아들은
신나는 캐럴 소리 따라
스파이더맨 되고 배트맨 되어
굴뚝 없는 고층아파트에도
마법처럼 착한 선물 배달하던
빨간 싼타할아버지를 전설처럼 알까나

신호등 깜박깜박

여기 있던 돋보기가 어디로 갔지
동동 동 안절부절못하는데
냉장고서 활짝 웃고 있는 돋보기
빨간 등 깜박깜박

오늘은 비가 오려나
노적봉 걷지도 않았는데
쿡쿡 쑤시는 팔다리
빨간 등 깜박깜박

살살 늘어가는 주름살
손사래 치며 반기지도 않는데
흰머리 세느라
빨간 등 깜박깜박

손마디 뒤틀리고 허리 휘어도
아직 갈 길 멀고 못한 일 쌓였는데
림프종 혈액암이라니 애가 마르게
빨간 등 깜박깜박

어린 내 새끼들
낯선 길 안전하게 다 건널 때까지
신호등 기록 경신하며 숨 가쁘게
파란 등 깜박깜박

엄마 꽃

첫눈에 반해 뜨겁게 사랑할 때
불같이 피던 빨간 장미

꽃가마 타고 시집오던 날
수줍게 피던 분홍 장미

고초당초 시집살이 매울 때
멍들어 피던 파란 장미

날아갈까 꺼질까 자식 걱정에
잘되기만 바라던 노란 장미

효도 다하지 못한 친정엄마 산소에
쓰린 가슴으로 피던 하얀 장미

가슴엔 가시가 있어
찔려서 피 나고 아파도
속내 한번 드러내지 않고
무던히 참아 내며 피어내던

세상 어떤 꽃보다 아름다운
예쁜 꽃, 엄마

밴댕이 소갈머리가 웃었다

소나기 한 줄기라도 좍좍 퍼부으면 좋으련만
며칠째 검은 하늘은 묵직하게 내려앉고
빠글빠글 된장찌개 끓여 차린 아침 밥상
눈길도 안 주고 무심히 나가버린다
평소 초콜릿을 애처럼 즐기는 남편에게
나이도 있는데 그만 먹으라고 쓴소리 던졌더니
주워 담을 새 없이 순간 화에 짜증을 더하더니
시커먼 초콜릿 쓰레기통으로 내동댕이친다
밴댕이 소갈머리 같으니라고 누가 떨까봐
그래, 원수도 사랑하라는 예수님 말씀처럼 내
가 참지 뭐
참는 김에 사랑하는 마음 담아
초코사탕 한 봉지 수제초콜릿 한 봉지
한 알 한 알 색색으로 구색 맞춰 은박지로 싸서
알록달록 예쁜 초콜릿 부케 만들었다
핑크빛 꽃 메모지에 사랑담은 글 적어
리본 달아 주니 값 매길 수 없는 최고의 작품
서둘러 통근버스 지나는 길로 나가 서성서성
회사 동료에게 전달 부탁하고 집으로 오는 길
무거웠던 하늘이 시원하게 소나기 쏟아붓는다

벽에 걸린 달력에선 개나리 만발한
발렌타인데이가 커다랗게 하트 그리며 웃는다

콩깍지의 반전

꿀 뚝뚝 떨어지는 달달한 애교
잘한 것도 없는 내게 조건 없이 주신
하나님의 귀한 선물

할머니표 된장국이 제일 맛있다며
엄지 척 하트 뿅뿅
아이스크림 사러 가자며
쪽쪽 뽀뽀 매달리는 응석
할머니가 들려주는 동화 얘기에
두 팔 벌려 웃음꽃 만발
맘 드는 장난감 선물 받고
팔다리 흔들며 개다리춤 남발
할머니 최고하는 손주 재롱 녹아들면

검은 머리 파뿌리 될 때까지 사랑한다던
야물던 콩깍지 대머리 홀러덩 벗겨져
누렇게 퇴색해 버린 사랑
다시 태어난다면 또 살 수 있을까
빈 콩깍지에 예쁜 초록 물감 들이고
빨간색으로 속 꽉 채워 풀로 꾹 눌러 붙여

지그시 눈 감고 입술 꼭 깨물며
다시 태어나도 또다시 살아 보련다

눈에 넣어도 아프지 않은
금쪽 같은 예쁜 손주를 볼 수 없을까 봐

그를 만난 건

눈에 쏙 들어왔던 건
어떤 상황이 생길지라도
넓은 어깨로 든든하게 지켜 줄
푸른 군복을 입은 군인이어서

마음을 설레게 흔들어댄 건
긴 머리 소녀를 따라온
세 명의 불알친구 중에
콧날이 선명하니 귀공자처럼
잘 생기고 키도 훌쩍 시원스러워서

내 마음을 단박에 훔친 건
검게 그을린 미소로
김형석 에세이집을 들고 있는
감성 있는 지적인 손에
동해 파란색 물빛까지 닮아
사이다 같이 청량해서

내 마음에 쏙 들었던 건
경포호수처럼 잔잔하고 넓은

유리알처럼 맑은
순박한 마음을 가졌을 것 같은
강원도 촌 남자여서

그런 그를 만난 건
대관령 열두 구비구비 너머
커피 향에 녹은 달달한 사랑의 입맞춤
눈부시게 뜨거운 태양 아래
파도 따라 넘실넘실 푸른 춤추는
경포 바닷가의 운명이라서

기름에 튀긴 건빵

희끗희끗 날리는 눈발이 반기는 산허리
비포장 된 좁은 길에 늙은 버스가 숨이 차올라
헉헉거리며 더 이상 고개를 오르지 못하더니
승객을 산길에 내팽개쳐 버리고
버스는 매연 날리며 오던 길 되돌아갔다
앞으로 나아 갈 수도 되돌아 갈 수도 없는
애매한 산길은 순간 비밀의 문이 되었다
무슨 용기였을까 무식한 자만심으로
그를 만난다는 설렘이 앞으로 직진 결심
옷깃 여미고 심호흡 한번 찬송가를 부르며
무작정 눈발 날리는 입동을 밟고 나갔다
이 길이 맞을까 의심이 머리 들 즈음
푸른 군복 입은 구세주 같은 군인아저씨
찾아가는 곳을 잘 알고 방향도 같았다
웬 횡재인가!
찬송가 소리를 하나님이 들으셨나 보다
백리 길은 족히 되는 것 같던 길인데
눈발마저 도란도란 함께 따라오며 안내한다
드디어 도착한 해안부대에 나를 인계하며
그 아저씨는 옆 부대라며 '충성'하고 돌아갔다

휘둥그레 달려 나온 그를 보니 눈물이 핑 돌
았다
들고 온 김밥은 이미 얼음장 같았을 텐데도
근무하던 여러 명의 부대원들은 맛있다고
엄지척 반기며 잔치 분위기가 되었다
답례로 유일한 간식이던 건빵을 모아
기름에 달달 튀겨 빈 그릇에 가득 채워주었다
세상 어디에도 없는 군대리아 별미였다
무섭게 달려들던 동해 거센 파도조차
빙그레 웃으며 부러운 눈치로 질투했다
튀긴 건빵 만나러 40년 만에 다시 찾아가는 길
동호리* 산길은 잘려 4차선 도로가 되고
부대가 있던 해안가엔 빈 그네만
그때 추억을 새록새록 떠올리며
해풍 따라 흔들흔들 낯선 노부부 반긴다

* 동호리 _ 강원도 양양군 손양면 바닷가 마을.

141

아버지가 만난 보물

화산 폭발처럼 총탄 터지는 김일성고지
애국심이 투철해서도 아니었다
그저 쓸 줄도 모르는 총 거꾸로 들고서도
무작정 나서야 했고 전진해야 했다
믿을 건 아무것도 없어도
쓰러지고 또 넘어져도 나아가야 했다
하늘이 깨지고 땅이 꺼지는 두렵고 무서운
쓰나미처럼 밀려오는 숨이 멎는 암흑
목구멍에서 콸콸 쏟아내는 죽어가는 전우의
시뻘건 피가
참호 속에 철철 흘러 넘쳐 넘실넘실 피바다를
이루고
심신은 하얗게 겁에 질려 부동不動이고
의식마저 놓아 버린 총구는
악마처럼 자신을 향해 노려보고 있다
안개 속 같은 지옥에서 홀로 살아남은 아버지
의 영웅담
만신창이로 야전병원 실려와 지옥 탈출을 감
사해야 했을까
군병원으로 수송되어 1년 고통 시간 속에서 만난

하얀 가운 입은 백의천사 음성은
새 생명을 얻은 운명 같은 기적
목발에 의지한 몸이지만 언제나 천국 같았다
천국의 기쁨은 김일성고지까지 훨훨 날아가
피 흘린 전우의 몫까지 살려냈다
절름거리며 한 시간은 가야 만나는
두물머리 강가 교회당은 엄마의 자궁이었고
그렇게 하늘만 바라보고 믿음 지키던 아버지
6개월 시한부, 숨 쉴 날 하루하루 세어가며
전도 상으로 받으신 마지막 선물
성화가 그려진 가죽표지 성경책은
칠십여 년 오랜 시간이 지나도록 여전히
전쟁터의 거친 숨소리가 생생히 들리는
아버지의 생명 같은 소중한 보물
아들의 아들의 딸 그리고 딸의 또 딸의 아들
까지
이어나갈 생명나무 뿌리 같은 선물

남편이 대통령이면 좋겠다

이건 이래서 안 되고 저건 저래서 안 되고
너보다 내가 잘났고 그래서 나여야만 한다는
너는 안 되고 자기만 맞는다는 오만함
너는 잘못이라 썼었고 나는 옳고 유능하다는
그래서 꼭 우리여야만 한다는 고집스런 편견
선한 거 같아도 언제나 비교하며 헐뜯고 깎아
내린다
잘난 체의 끝판 왕을 본다

소문으로만 알고 지식으로만 알아
콩으로 메주를 쑨다 해도 아니라며 고개 젓는다
침 튀겨가며 설명해도 그럴 일 없다며
보고서도 이게 아니라고 갸우뚱갸우뚱
무얼 해도 안 되게 되어 있다는 선입견
제 잘난 판단으로 무시하고 죽여 버린다
저만 정답일 거라는 착각의 끝판 왕을 본다

누가 그랬던가
편견과 선입견이 싸우면 꼴불견이라고
서로 잘났다고 씨부려도 그저 그런 모양새

좀처럼 평정이 안 되는 요즘 세상
벌건 대낮에 술 취해 비틀비틀 헤롱헤롱대는
모두가 참 꼴불견이다
편견과 선입견이 손잡고 찐한 사랑할 수 있을까

소견이 밝은 내 남편이 대통령이면 좋겠다

톤레삽호수에 핀 꽃

비행기로 4시간 날아간 꽃씨
톤레삽호수를 웃게 한다
작지만 뭉쳐서 나는 소박한 향기
따뜻하고 부드러운 바람결이
맨발로 1달러를 외치는 그곳에
생명으로 밥퍼*의 사랑을 전한다

흙바닥에서 갓난아기 젖 물린 엄마 옆에
원 달러! 원 달러! 애절하게
알몸의 4살 소년이 부르짖는 배고픔

관광객이 탄 작은 배에서
흔들거리는 몸 추스르며
원 달러! 원 달러! 소리치며
언니 좋아? 언니 어때? 언니 시원해?
어깨를 주무르는 7살 남짓 소년의 외침
능숙한 손놀림에 실린 생계의 무게
배 한가득 손님이 많이 타면
넓은 톤레삽호수 만큼 함박웃음 커진다

작고 작은 꽃씨는
부레옥잠처럼 둥실둥실 꿈을 품고
지친 몸 받아내는 밥퍼 교실에
언제나 맛있는 향기로 활짝 피어난다
땀에 찌든 까무잡잡한 1달러 소년의 몸에서도
보랏빛 라일락 향기가 피어난다

* 밥퍼 _ 최일도 목사가 설립한 다일공동체로 처음 청량
  리역에서 시작해 운영하는 무료 급식소. 국민은행 후
  원으로 캄보디아 씨엠립 톤레삽호수에 수상유치원, 학
  교, 천사병원, 도서관 등을 세워 돕고 있는 단체.

필리핀 선교사 요한 목사

그의 집은
깨진 유리병을 촘촘히 박은
높은 담장 안에 있다
철 대문을 굳게 잠그고
잔뜩 웅크린 자세
담장 너머 이국의 풍경은
낯설고 두렵기만 하다
문을 열어야 하는 이유에
가슴속 용기는 갈등하느라
더운 땀 소나기처럼 흐른다
날마다 자신과의 싸움에 지친 마음

긴 시간이 우기처럼 지나간 아침에
담장 밑에 수줍지만 작은 모습으로
해맑게 노란 얼굴 내미는 꽃
깨진 유리병 사이 비집고
담 너머 뚜우 뚜뚜 나팔 분다
쏟아지는 햇살이 박장대소하며
잘했다고 정수리를 내리친다
겨우 편 등짝에선 찬양 소리 울린다

모닝글로리!
이슬 맺힌 아침이
그렇게 아름다운 빛인지
필리핀의 파란 하늘 하얀 구름 색깔이
그렇게 투명하고 선명하게 맑은 빛인지
까무잡잡하지만 작은 얼굴에 까만 눈동자가
그렇게 보석처럼 영롱한 빛인지
미처 사랑해야 할 이유를 알지 못했다

어둠 깨지고 생명의 빛이 소낙비처럼
쏟아지는 아침의 영광으로
무너진 담장 밖에는
망고 속같이 노랗고 달콤한
보라카이 바다 속처럼 순수한 이방인을,
황무지에 씨 뿌려 열매를 거두기까지
조건 없이 목숨처럼 사랑할 수밖에 없는
대부, 그가 거기 있다

맥가이버 쌤

선생님 그림자도 안 밟는 시절 있었지
대통령만큼이나 되고 싶기도 한
어릴 적 꿈이고 선망의 대상이었지
사람 만드는 길잡이어서
부모님들은 맘 놓고 맡기고 밭일 논일 했지
감자며 고구마며 나누는 가족 같은 존재였고
집집마다 어려운 일 해결사 동네 맥가이버
선생님 회초리로 개천에서 용이 나기도 했지

중년이 되어 만난 스승 배쌤
잠자던 머릿속에 스파크 일으키는
전기 스위치 같은 성냥 같은 존재
불이 번쩍하면 신춘문예도 단번에 타오르지
여행의 달인 같아서
방방곡곡 다니며 여행의 묘미 일깨워주고
앉아서도 세계여행을 즐기게 해주지
절에 가면 신바람을 불어 대는 쌤
종교를 떠나 절의 운치를 공감하며
편하게 다가갈 수 있게 해주는
만능 재주꾼 맥가이버 배쌤

색다른 강한 맛에 물들다

— 홍현은, 언어 질주를 편들며

배 준 석

(시인·『문학이후』 주간)

각자 시 세계가 있고 그에 따른 시풍이 있다. 이는 한 시인의 개성이며 특징이다. 비슷비슷한 시가 유행처럼 번지는 일은 부끄러운 일이다. 그런 분위기에 합승하지 못해 안달하거나 탑승했다고 자랑스레 힘주는 모습은 안타까운 일이다. 또 이러한 경향을 부추기며 마치 새로운 이즘이 생긴 것처럼 떠드는 평론가를 보면 실망하게 된다.

시대 상황이나 현실적인 사회문제로 인해 부딪치거나 겹치는 일은 있을 수 있다. 그러한 경우에도 생각의 차이, 표현의 다양성 등으로 극복해야 한다. 비슷하거나 같다는 것은 시인의 자존심과 관련된 사항으로 치명적인 결함이지 결코 자랑할 일이 아니다.

시인은 그래서 늘 새로움을 꿈꾸며 남과 다른 세계를 향해 고뇌하며 밤을 새우는 것이다. 남이 쓴 시를 적당히 베끼며 행세하려는 것을 허용하지 않는 이유다. 신인의 경우는 더 극명하게 끈질긴 도전 정신으로 낯선 이야기를 찾아 밀어붙이는 용기가 필요하다. 시인의 자세가 확실하게 자리 잡혀 있어야 그 위에서 세련된 표현과 의미도 찾아낼 수 있다. 그래야 제대로 시를 인식하는 사람들 사이에서 독특한 시인으로 평가받을 수 있는 것이다.

시를 쓴다는 것은 익숙한 세계에서 벗어나려는 몸부림에서부터 시작된다. 이는 시 쓰는 사람에게 주어진 천혜의 운명이다. 그 과정에서 감정과 생각과 사상과 상상이 난무하게 된다. 이는 철저하게 즐길 대상이다. 그래야 남과 다른 나만의 세계를 만들 수 있다. 한 세계를 만드는 창조자의 작업은 한 우주를 만드는 것처럼 실로 어마어마하게 큰일이다. 이는 쉽게 찾거나 만날 수 있는 것이 아니다. 스스로가 가진 모든 역량을 쏟아부어도 닿기 어려운 일이다. 그 길을 묵묵히 걷는 사람이 시인이다.

한때 여류 시인이라는 말이 통용되던 시절이 있었다. 남류 시인이라는 말이 별도로 존재하지 않는데 굳이 구분하여 여류라는 말을 붙인 것이다. 이는 별도로 여성 특유의 시 세계를 일컫는 것으로 여성 편에서 생각해 보면 좋은 감정일 수 없다. 여성은 여성처럼 시를 써야 한다는 논리도 맞지 않을뿐더러 여성이기에 이해하고 넘어가야 한다는 것이라면 더더욱 반가운 일이 아니다. 시 앞에 남녀 구분이 왜 필요한가. 지금은 당연, 여류 시인이라는 말이 사라졌다. 그래도 여성 특유의 제한적인 표현이 있다면 이 역시 극복해야 할 일이다.

이러한 불평등한 잔재를 불식시키며 홍현은 시인이 홀연히 우리 앞에 나타났다. 때로 과감하게 곳곳에서 원색적인 그러면서도 다소 거친 듯 재미있는 표현으로 자기만의 독특한 시의 깃발을 들고 당당한 시작詩作을 시작始作하고 있다. 이는 훌륭한 시작의 바탕이 되는 홍현은 만의 시 세계이다.

시의 식탁에서

시작 속에서 삶도 세상 이야기도 그 무엇도 꺼내 놓고 생각의 벼린 칼과 받아치는 도마를 들고 대상을 향해 도전하는 모습은 싱싱한 시를 잡아내기 위한 홍현은의 용기이다. 그 결과 색다른 맛으로 차려진 한 권의 시집이 우리 앞에 놓인 것이다. 그 맛과 멋과 향기와 영양가를 따지며 시의 식탁 앞에 앉아 본다.

아직도 TV 채널로 종종 충돌하는 사이
늘 남편이 일방적 승자가 되는 것 못마땅해
괜스레 허허 서글퍼지곤 한다
나만의 것을 소유하리라 다짐에 다짐하며

고객감사 세일하는 전자 판매점에 간다
환영한다며 입구에서부터 펄럭이는 깃발
— 이혼사수 30% 세일
순간 시선이 고정되며 동공이 커진다
이사혼수를 세로로 적어 놓은 깃발이
좌우로 흔들릴 때마다 이혼사수로 보인다

유혹하는 깃발에 잠시 생각이 흔들리다가
일방적 지위에 반역하는 나만의 소유가
이혼사유가 될 수 없다며 허허 웃음 짓고
발걸음 돌려 나오는데, 아뿔싸!
나란히 붙어 나부끼는 깃발에
페스티벌 세로로 적은 글이 스벌시발 날린다

번개처럼 머리에 번쩍 불꽃 튀며
그래 내 나이가 몇 개를 넘었는데
여태 고개 숙이며 지고 살아야 하나
과감히 신용카드 확 긋고 사버려야지
띵 동 남편 폰에 구입내역 뜨겠지만
한마디만 해봐라 머리에 펄럭펄럭
페스티벌 30% 깃발 날리며
이혼사수할 거니까 스벌헐

살랑살랑 봄바람에 세일 깃발 씩 웃음 날린다
그래 사는 건 30%만 생각하고
나머지는 다투면서 그렇게 사는 거야

재미있게 차려진 별미 같은 느낌이다. 양념은 희언戲言을 사용했다. 세로로 쓰인 '이사혼수'라는 글씨를 가로로 '이혼사수'라고 잘못 읽은 것에서부터 이야기가 펼쳐진다. 단순하게 이혼 문제인가. 아직도 남아있는 남편 우선 이야기인가. 오래 살다 보면 생기는 일종의 권태인가. 사소한 리모컨 이야기가 확대되며 이 시대를 사는 부부 이야기, 이혼 문제까지 들춰낸다.

우리나라는 세계적으로 이혼율이 높다고 알려져 있다. 최근에는 감소 현상을 보이고 있지만 이는 혼인율이 떨어져 생긴 현상으로 보인다. 그중 관심은 고령화 사회에서 생기는 황혼이혼이다. 이혼이라는 말 하나로 혼인율, 고령화 문제까지 줄줄이 달려 나오고 있다. 출생율 문제도 이혼율에 맞춰 같이 거론할 수 있다.

홍현은은 여기서 끝내지 않는다. 한 번 더 세로로 쓰인 '페스티벌' 글씨를 가로로 끝 글씨만 따서 '스벌시벌'이라고 읽으며 착각 현상도 슬쩍 끼워 넣어 마음속 스트레스를 화끈 풀어내고 있다. 이렇게 풀어내야 또 살 수 있다는 것을 의미로 만들고 있다. 그렇다고 선뜻 TV를 사지는 않았을 것이다. 이미 깃발에 날리는 글씨로 마음 자락도 날려 보냈으니까. 이혼이라는 말도 허허 웃으며 접어버렸을 것이다.

이렇게 세일 깃발 하나를 시 속으로 끌어들이는 순간, 우리 사회의 한 단면을 다시 생각해 보게 한다. 단순한 웃음으로 끝나지 않고 있다는 것은 이미 시의 맛을 다 살려 놓았기 때문이다.

    푸른 빛깔 매끈하게 잘생긴 몸매
    울 끈 불 끈 쭉쭉 솟은 검은 힘줄이
    믿음직해 보였다
    망설임 없는 단호한 욕망 머리 쳐들어
    몸이 익을 만큼 달궈진 불볕 여름날
    시원한 소나기 한 줄 내리붓듯
    대박 꿈 이뤄 줄 걸 믿어
    그놈 향한
    무한한 사랑에 갈증을 달랬다

    기대고 매달릴수록 목마르지만
    절로 콧노래 흥얼거리며
    모종 심어 물도 주고
    넝쿨 쭉쭉 뻗을 수 있게
    기둥 세우고 아기 돌보듯 살폈다
    주렁주렁 싱싱한 열매들이
    대박 꿈 이뤄 줄 걸 믿으며
    그놈 향한
    무한한 사랑은 흔들리지 않았다

    한여름 날의 꿈이었나
    믿었던 그놈 속이
    검은 눈 번쩍이는
    시뻘건 내숭인 줄 미처 몰랐다

탈탈 털어 쏟아부은 전 재산
　　주식 왕으로 주렁주렁 익을 줄만 알았다
　　둔한 개미 눈은
　　속 모르는 잘생긴 몸매에 깜박 속았다
　　믿는 도끼에 발등 콱 찍혔다

　　　　　　　　　　　　　　　　— 「수박 1」 전문

　수박의 특징을 살려 과감하게 의인화시키고 있는
장면이 선명하다. '울 끈 불 끈'은 필요에 의한 띄어쓰
기로 실감 나게 효과를 보고 있다. 그렇다고 수박 이
야기인가, 하면 주식 이야기를 강조하려는 의도이다.
수박의 푸른 겉모습과 시뻘건 속이 대조를 이루듯 대
박 꿈이 일순 물거품 되는 개미투자자의 상황과 부딪
치고 있다. 상반되는 것이 서로 부딪치는 순간, 그 파
생 효과는 강한 여운으로 남게 된다. 주식으로 망한
사람은 많은데 그 실망에 위로는 어디서고 찾을 수 없
다. 그때 시인이 나선 것이다. 어느 검은 손이거나 그
럴듯하게 포장된 상황이거나 큰손에 의해 좌지우지되
는 주식시장에서 피해당하는 서민들의 아픔은 이보다
더 큰 절규로도 대신할 수 없을 것이다.
　홍현은은 이러한 사람 편에 서서 강할 수밖에 없는
노래를 부르는 일을 자처하고 있다.

　　꽃바람 화창한 봄날 오후
　　허리 굽은 노인들만 바쁜
　　온통 노랑 물감 흠뻑 뿌린 산수유 마을에

이방인처럼 배시시한 분홍 벚꽃
드문드문 밉상으로 사이사이 간 맞게
요사스런 웃음 미묘하게 날리며
염탐할 것이라도 있는지 이 집 저 집
기웃기웃 발걸음 바쁜 낯선 그녀

간 쓸개 빼 줄 듯 호호 호호
분홍치마에 꼬리 아홉 감추고 살랑살랑
엉큼한 엉덩이 돌려가며 샐룩샐룩
야시시한 몸매 실룩실룩
노랑 물감 사이로 핑크빛 염문 확 뿌려
마음속 숨긴 간사한 몸짓 놀린다

가진 거 배운 거 없이 나이만 배부른
제구실 못하는 아들놈
생전 받아 보지 못한
간지러운 달콤한 속삭임
분홍 벚꽃에 홀린 순진한 갑분 할머니
한 푼 두 푼 장가 밑천 하려고 모은
행여 부정한 손 탈라
예쁜 단지 꽁꽁 묻어 두었던
생때같은 돈 날름 건네고
기다림에 노랗게 애타는 산수유만
속절없이 새빨갛게 피멍 든다

— 「벚꽃 사기꾼」 전문

158

봄소식을 대표하는 벚꽃을 요사스런 사기꾼으로 비유한 시는 처음이다. 며칠 동안 요란하게 피었다 사라지는 벚꽃의 특징과 결혼할 듯 사람을 홀려놓은 뒤 사기 치고 도망간 여자와의 연결은 그럴듯하게 맞아떨어진다. 그만큼 비유의 대상이 강하고 신선하다. 그리고 결혼 문제가 뒤따라 나오게 된다. 장가들지 못한 총각들이 많은 시대의 씁쓸한 장면을 떠올리게 한다. 약자들의 약점을 파고드는 사기가 여기저기서 판치는 시대의 단면을 비판하려는 의지를 홍현은은 의성, 의태를 동원하여 신나게 표현하고 있다. 이는 신나서 신나게 표현하는 것이 아니라 신랄하게 비판하려는 풍자를 살리려는 한 방법이다.

이렇게 큰 틀에서 홍현은 시의 특징을 소재나 비유 방법에 대해 먼저 짚어 본다.

식자재를 살펴보며

식탁에서 기다리는 동안 칼질 소리, 찌개 끓는 소리를 들으며 냄새도 맡아가며 청양고추를 쓰는지 계란 후라이를 하는지 청국장을 끓이는지 가늠해 본다. 유기농 야채에 신선한 재료를 사용할 것이란 예감이 든다. 시도 마찬가지다. 어떤 재료를 사용하는가는 중요하다.

요는 관심이다. 무엇을 꺼내 들고 어느 방향으로 새로운 이야기를 찾아 어떻게 독특한 표현을 사용하는

가가 신선도를 유지하는 비결이 된다. 관심은 시인만의 문제가 아니다. 독자도 마찬가지다. 관심은 서로 나눌 때 그 효과가 배가된다.

자꾸 가야만 살 수 있는 건가 보다

장가도 가고 시집도 가고
이사도 가고 여행도 가고
산에도 가고 바다도 가고
교회도 가고 절에도 가고
산부인과 가고 장례식장 가고
수없이 가고 또 가고 자꾸만 간다

똥 싸러 가고 먹으러 가고
마시러 가고 버리러 가고
시장도 가고 학교도 가고
살 빼러 가고 운동하러 가고
영화 보러 가고 공연 보러 가고
수없이 가고 또 가고 자꾸만 간다

전쟁 나서 가고 지진 나서 가고
아파서 가고 사고로 가고
목매달러 산에 가고 익사하러 한강다리 가고
양로원에 가고 내 나이도 가고
새해도 가고 12월 마지막 달도 가고
수없이 가고 또 가고 자꾸만 간다

때가 되면 어련히 불러 줄 텐데
사랑도 가고 이별도 가고 스스로 가고
뭐가 그리 바쁘게 가고 가고 가고
너나없이 자꾸만 가나
가야만 하는 것이 가는 것이라면
나는 오늘 종합병원으로 춤추러 간다

— 「자꾸 간다」 전문

여기저기 가는 곳에 대한 열거를 통해 시가 가는 곳도 확인된다. 그중에서 '종합병원'이라는 끝말이 여운을 남긴다. 세월의 짙은 맛이 풍겨 나온다. 시인이 자꾸 가는 곳은 시 소재의 텃밭이다. 그곳에서 정성으로 가꾼 식재료를 시의 소재로 삼는다는 것이다. 홍현은 이 가는 곳은 특별하지 않다. 오히려 기독교인이지만 절에도 가고 조신한 여인이지만 똥 싸러도 가고 인생의 나잇살도 빼러 간다. 평범한 일상이다. 시의 소재로도 평범하다. 평범한 소재로 기대에 부응하는 맛깔나는 시를 한 상 차려 놓을 수 있을까. 그 기대는 평범함 너머에 있는 색다른 맛임은 다시 말할 필요가 없다.

입장 한번 바꿔 생각해봐
내가 얼마나 억울하고 기분 나쁜지

괜히 나른하다며

달달한 믹스커피 땡긴다고
그것도 팔팔 끓는 물을
인정사정 볼 것 없이
주루룩 한소끔 부어
불판에 메뚜기 튀기듯
내장이 팔딱팔딱 뛰게 하지

화상 입은 온몸 바쳐
축 처진 나른한 세포 깨워줘도
한 치 재고의 여지도 없이
구겨져 쓰레기통 속에
처박히는 살맛 안 나는
시궁창 같은 마음을 아는지

편하다고 여기저기
인기몰이하면 뭘 해
한 번만 쓰고 미련 없이 버릴 것을
쉽게 썩지도 않아
다시 태어날 기대조차 없는걸
달콤한 사랑을 담으면 뭐 하겠어
결국 미련 없이 버려질 것을 아는지

한번 쓰고 버리는 인생으로
이렇게 태어나길 바라진 않았지
이 모양 저 모양으로
예쁜 그림 그려진 명품 옷 입고

162

애지중지 사랑받으며
뜨거워도 차가워도 우아하게 뽐내며
오래도록 당당하게 살고 싶지

구김살 없는 햇살이
아낌없이 쏟아지는 새로운 아침
찌그러진 자존심 말려
다시 태어나고 싶지

용포무늬 입은 화려한 도자기로
천년의 빛 간직한 귀한 청자기로

— 「일회용 종이컵」 전문

　종이컵 입장에서 보는 세상은 사람이 보는 것과 판이하다. 대화체로 쓰여져 혼자 한탄하는 느낌이다. 힘없는 사람들이 혼잣소리하듯. 그런 사람들은 세상을 향해 할 말이 많은 것이다. 입장 바꿔 생각하는 것은 시인에게 필요한 덕목이다. 내 생각만, 내 입장만 떠드는 세상은 피곤하다. 감동보다 감정이 먼저 상하게 된다. 그렇다면 시인이 어떠한 입장에서 사물을 보고 느껴야 하는지는 자명하다.
　이와 비슷한 예로 반대로 생각하기도 있다. 이는 생각처럼 쉬운 문제가 아니지만 반대로 생각해야 새로운 이야기를 찾을 수 있다. 보들레르가 이야기한 '시인은 이 세상과의 보행에서 항시 어긋난 길을 걷는 사람'이라는 말은 시인에게 영원한 명언이다.

단순히 필요에 따라 사용되고 버려지는 종이컵 이야기는 힘없는 서민들 이야기지만 '쉽게 썩지도 않아'라는 구절에서는 쉽게 잊히지 않는 한 서린 아픔과 환경 문제까지 생각하게 한다.

사람들은 나를 심퉁이라 부른다
시집 못 간 노처녀 골이 난 듯
심퉁스런 작은 눈
빵빵하게 부풀린 올챙이 배
한 접시는 족히 나올
넙대대한 입 삐쭉 내밀고
주먹만 한 배꼽 발판으로
바위에 착 붙어 물렁물렁
우스꽝스러운 도치

못생겨 기분 나쁘고 쓸모없다고
무시당하며 내던져버린
아무렇게나 이리저리 굴리며
발로 툭툭 축구공처럼 차이더니
몰랐던 별미로 문전성시
이리 귀한 대접 받을 줄이야

사람 일이란 알 수 없는 것
어제와 오늘이 같지 않듯
상황은 무시로 수시로 변하는 것

고추 달고 나오지 않았다고
언제나 찬밥 신세
새 옷 한번 입어 보지 못하고
내 것 하나 가져 보지 못하고
심통 빵빵하게 부려봐야
이리저리 동네북처럼 툭툭 차이고
쥐어박히기 일쑤

제구실도 못 할 것처럼
무시당하는 미운 오리 새끼 설움
어깨너머로 흘끔거리며
빨판처럼 버틴 눈칫밥
사법고시 합격하여 판사 신분 되니
자랑자랑 가문의 영광
이리도 귀한 대접 받을 줄이야
— 「도치」 전문

 일회용 종이컵이나 도치나 쉽게 버려지는 존재들이다. 남들이 크게 관심 보이지 않고 관심 보일 필요도 느끼지 못하는 존재들을 홍현은은 알뜰히 챙겨 시의 식탁 위로 올리고 있다. 재료가 특이하니 요리 내용도 색다를 수밖에 없다.
 위 시에서 보면 '심통스런 작은 눈' '올챙이 배' '넙대대한 입' 등으로 표현되는 모습은 멋있거나 예쁘거나 관심 갖을만한 분위기와 상반된다. 상투적인 소재에서 벗어나는 순간, 상투적인 시적 분위기가 사라지

고 생생한 현장의 잔치가 펼쳐지고 있다. 대접받지 못
하던 시대의 도치와 딸과 대구 관계도 그럴듯하다. 그
러나 하찮은 존재였던 도치가 귀한 대접을 받게 된 것
이나, 딸이라고 설움 받던 존재가 사법고시에 합격하
여 판사가 되었다는 이야기는 극적인 대조 관계이다.
한쪽에서는 이렇듯 대구, 대조 잔치도 벌어진 것이다.
　좋은 재료로 만든 홍현은의 도치탕 한 그릇을 시원
한 맛으로 읽어 볼 수 있는 기회가 만들어진 것이다.

시의 맛을 보며

　시에도 맛이 있다면 무슨 맛일까. 시인에 따라 다른
맛이 나야 개성과 만나게 된다. 홍현은은 그 나름의
맛을 낼 수 있다는 자신감과 나름의 맛을 확보하고 있
다. 그가 요리한 시의 맛을 찾아 찬찬히 음미하며 그
속에 담긴 깊은 맛까지 찾아내야 한다. 혀끝에 감도는
달콤한 맛보다 더 진하고 오래 남는 맛을 선택하고 있
는가도 잘 살펴봐야 한다.

　　세월의 장사가 지루한 듯 하품 연발이다

　　나라 잃은 슬픔도 참아 내며
　　혹독한 식민지도 견디고
　　육이오 전쟁에서도 살아남았다
　　천연두 마마도 물리치고

보릿고개에도 목숨 부지 대견해
환갑잔치 떠들썩 사나흘 성대했다

세월의 장사가 게으름 피우는 사이
잘 먹고 잘 놀고 잘 살아
이젠
환갑은 청춘이요
칠순은 핑계이고
팔순은 애교에다
구순은 여유인가

요단강 노 젓는 뱃사공
낡은 배 리모델링해 호화롭게 꾸미고
목 늘어져라 기다려 보지만
요단강 건너는 대합실엔
표 끊는 이 가뭄에 콩 나듯하다
천국에 빈집 넘쳐나도
강 건너려는 사람 넘치지 않으니
폐업 위기 놓인 요단강 뱃사공
세월의 장사 향해 눈 흘기며
꺼이꺼이 슬픈 노래로
물안개 속을 처량하게 젓는다
　　　　　　　— 「요단강 건너는 사공이 없다」 전문

　홍현은의 촉각은 안이 아니라 밖이다. 서정이 아니
라 서사이다. 일상이 아니라 문제가 되는 사회 이야기

이다. 그런 세상 돌아가는 일에 민감한 감각으로 색다른 자유분방함을 즐기고 있다. 여기서 자유분방함이란 시인이 가지고 있는 본능적 거리감, 낯선 대상, 언어의 유희 등으로 볼 수 있다.

이미 시의 맛을 터득한 경지에서 홍현은은 우리 사회의 고령화 문제를 찬송가 속에서나 부르던 먼 나라 낯선 요단강 앞에까지 끌어다 놓는다. '요단강 건너는 대합실엔/ 표 끊는 이 가뭄에 콩 나듯 하다/ 천국에 빈 집 넘쳐나도/ 강 건너려는 사람 넘치지 않으니/ 폐업 위기 놓인 요단강 뱃사공'이라는 표현은 고령화로 인한 우리 사회의 심각한 위기를 완곡하게 풍자하고 있다.

여기서 홍현은의 시 세계를 점검할 필요가 있다. 시인은 문제를 야기시키는 사람이다. 그때 사회문제가 되는 부분들을 예리하게 간파하고 남다른 소재나 비유로 어느새 식탁 위에 그럴듯한 시 한 그릇 턱, 올려놓고 있다는 것에 주목하게 된다.

조금씩 내리는 가랑비에 가만히 젖어도
축축하고 우중충하고 무겁고 버거워
마음은 점점 깊은 바다로 저항 없이 빠져간다
벗어버리고 싶지만 갈아입을 옷이 없다
짓누르는 무게가 어두운 스올* 속에 헤맨다
크레셴도로 점점 장대 같은 비가 되어
소낙비처럼 죽죽 내리 퍼붓기 하면
빠르게 흠뻑 젖어 벗기조차 힘들고

차라리 숨통 끊어 버리고 싶은 강한 유혹
힘없는 사지는 뻣뻣하게 마비된다
젖은 장마 끝나고 반짝 해 나면
드러난 알몸이 얼마나 뜨거울까 소름 돋게 두렵다
뙤약볕에 발가벗은 기분은 가늠조차 데크레셴도
감당하기보다는 어둠 속으로 피하고 싶음에
피아니시모로 한없이 작아지는 숨 고르기
이글거리는 태양 앞에 어디로 숨을 수 있을까
홍수가 나더니 아슬아슬 버티던 뚝 뻥 터져버리고
결국은 심장이 굳어 차라리 끝장내고 만다

　　* 스올 _ 죽은 자들이 모두 들어가는 지하세계
　　　　　　　　　　　　　　　　　— 「댓글」 전문

　익명의 세계에서 남의 문제에 관해 필요 이상 관심
을 보이는 사람이 있다. 단순한 관심이 아니라 개입을
해서 극한 상처를 주는 일까지 빈번하게 생기고 있다.
댓글의 문제다. 집단으로 공격하는 댓글부대라는 말까
지 생겨났다. 이로 인한 충격과 상처로 죽음에 이르는
경우도 있다. 심각한 사회문제이다. 이러한 상황을 가
랑비로 시작해서 장대비로 장마, 홍수로 몰고 가고 있
다. 단조로운가. 이차로 크레셴도로 시작해서 데크레
셴도, 피아니시모라는 음악적 기호로 상처 후유증을
묘사하고 있다. 이미 깊어진 상처, 현대 문명의 이기
로 만들어진 또 다른 폭력 앞에 속수무책 당하는 문제
를 홍현은은 놓치지 않고 특유의 강한 표현으로 끝까

지 '끝장'이라는 격앙된 목소리를 높이고 있다.

　　복수하고 싶다

　　질리게 하는 무언의 위력
　　벗어날 수 없음에, 숨쉬기조차 참으며
　　자지러지듯 치 떨면서 안간힘 버티고 사는데
　　고리대금업자처럼 날름날름 집어삼키는 것들

　　오른쪽 뺨을 맞아도 눈만 껌벅껌벅 할밖엔
　　목 조르며 벼랑으로 내몰아
　　작은 가슴에 피멍 들게 하는 것들

　　한강물 꽁꽁 어는 날에도
　　누런 금이빨 흥흥거리며
　　얇은 겉옷마저 벗겨가는 인정머리 없는 것들

　　내 편 네 편 쌍심지 치켜뜨며
　　사랑도 용서도 이해도 없고
　　택배 차에 눌린 몸은 비명을 질러 대도
　　옳다 그르다 편만 가르는 망할 것들

　　거짓으로 하얗게 포장하고
　　겹겹이 두껍게 흰 눈 덮고 시침 떼도
　　눈 녹아 소용없을 꽃피는 봄날 올 것을

주름살 늘리는 세월이 노랗게 질리도록
엄동설한에도 언제나 죽지 않고 살아
눈밭에 맨살 드러나도 벌떡 일어나
이것들아 봐라 비웃음 크게 날리며
당당히 소박하게 복수하리라

— 「복수초」 전문

　복수는 무서운 말이다. 시인은 복수하는 것이 아니다. 그런데 복수라는 어려운 말을 복수초를 빌려 꺼내고 있다. 복수를 꼭 해서 감동이라는 말을 찾아낼 수 있을까. 그렇다면 복수도 가능한 것이 아닐까. '고리대금업자처럼'이나 '작은 가슴에 피멍 들게 하는 것들'을 비롯해 주변에 쌍심지 켜고 내 편 네 편 잘났다고 싸우는 세력들에 대한 비판 의지가 그 어느 때보다도 강하게 나타나 있다.

　택배 차에 눌린 몸도 나온다. 힘든 일을 하며 사는 서민들의 삶은 아랑곳하지 않는 '망할 것'들에게는 그래서 당당하게 복수하리라고 이야기할 수 있었던 것일까. 시인에게서 복수라는 말이 나올 정도로 사회 이곳저곳에서 반성이라는 말이 실종된 지 오래되었다.

　홍현은은 현대 사회의 문제의식을 피하지 않고 풍자 대상으로 삼아 신바람 나게 비판하고 있다. 또 그것이 금기의 대상이든 아니든 상관없이 풍자의 칼날을 들이댄다. 여기서 칼날은 조심히 풀어야 한다. 섬뜩한 칼날이 풍자의 무기지만 이는 그 바탕에 사랑이 전제되어야 한다. 사랑하기에 칼날을 선택하는 모순도

극복해야 한다. 그래서 사랑을 바탕으로 참고 또 참으며 마지막으로 '소박한 복수'를 꿈꾸고 있는 것이다. 홍현은은 사랑이 많은 시인인 것이다.

후식을 기다리며

강한 맛에 길들인 분위기는 쉽게 가라앉지 않는다. 그 강함 사이사이 약함도 있다. 강약 조절은 시에서 조화로 나타나기도 한다. 강하기만 하면 부러진다고 했던가. 약하기만 하면 쓰러진다고 했던가. 그러나 강약이 만나면 서로 보완 작용을 통해 감동 분위기를 만드는 데 요긴하게 쓰인다.

벌건 대낮에 감히
방심한 틈을 타고 빙빙 돌다
레이더에 잡혀 든 놈
한 방 날린 손바닥에
여지없이 배 터져 피 솟는
겁대가리 던져버린 놈

야심을 노리며 호시탐탐
살금살금 콩콩
음흉하게 속사포 날려
죄 없는 땅 뺏으러 여기저기
피 무덤 남기는

용광로 화를 부르는 놈

기필코 처단하기로
연막탄 뿌리고 향을 피우면
접근 금지되어
배곯아 실실 말라 포기할까
아니 아니지
아예 씨를 말려야 한다

미사일보다 더 센 원자폭탄으로
따다닥 통구이 전자 그물채로
맛나게 먹어 치우는 잠자리 떼 풀어
전쟁이다, 앵앵 싸이렌 소리
내가 나서 지키자 누구를 믿고 사나
나라가 기우뚱, 흔들리기 시작이다

— 「모기란 놈」 전문

우리나라 속담에 불, 물, 성난 여자는 세 가지 최악
의 재해라는 말이 있다. 단순한 상황이 아닌 다음에야
그 이유 여하에 따라 성난 여자는 반대로 최상의 은총
이 될 수도 있다. 그것도 섬세하고 순수한 여성이, 그
것도 비판 정신이 번뜩이는 시인이 하는 강한 표현은
이 시대를 사는 모든 사람이 귀 기울여야 할 일이다.
작은 모기란 놈을 겁대가리 던져버렸다든지 씨를 말
려야 한다든지 원자폭탄으로 싹을 잘라야 한다는 말
까지 나오는 데에는 아연실색할 따름이다.

고 작은 모기가 날기 때문에 나라가 기우뚱 흔들린다는 표현은 과장법이면서 나라를 흔들어대는 모기 같은 몇몇 놈들을 비판하려는 의도이다.

이렇듯 끝까지 홍현은의 특징 강한 세계에 빠져 있다가 슬그머니 분위기를 바꿔 마무리 단계로 접어들어 본다.

이번 시집에서는 아버지 시편이 아프게 또는 그리운 분위기로 나타난다. 딸이 쓰는 아버지에 대한 느낌이 남다르다. 그것도 6.25 동란 중 군인으로 전투에 나가 엉덩이와 다리에 총알이 박힌 채 평생 불구로 살아가야 했던 아버지에 대한 아픈 마음은 끝내 지울 수 없었을 것이다.

사회문제에 관심 많은 홍현은의 시 세계에서 벗어나 딸로, 아내로 살아가는 모습은 이렇게 또 다른 강한 맛을 보여준다. 일상으로 내려와 가벼운 후식을 기다리는 시간에도 강한 맛이 전해진다.

달달달달
귀에 익은 소리에 눈을 떴다

보너스 받는 달이면 어김없이 쉬는 날 기다려
이른 새벽 경인열차에 몸을 싣고
왕복 서너 시간 걸리는 동대문시장으로 달린다
양손에 몸뚱아리만 한 보따리를 들고
만선의 깃발 날리며 돌아오는 선장 얼굴처럼
한가득 웃음 휘날리며 즐거워한다

누더기를 걸치고 살아도
먹고사는 것이 더 귀했던 시절
사치처럼 꼴같잖아 보이는 취미라고
화내는 엄마 폭풍 잔소리는
뱃고동 소리에 묻혀 허공을 맴돌고
마냥 신바람 콧노래 부르며
애인 같은 재봉틀에 기름칠 한다
커다란 리본 달아 알록달록 단추 장식한
귀여운 원피스 만들어 입힐까
어깨에 셔링 잔뜩 넣고
허리에 주름 촘촘히 잡아
공주처럼 예쁜 드레스 만들어 입힐까
멜빵 달린 모던한 신사바지 만들어 입힐까
세련된 개량 한복 만들어
엄마 폭풍 잔소리 풀어 볼까

달달달달
손으로 돌리고 발로 밟으며
설렘 가득한 사랑으로 날개를 만든다
만선 가득한 포만감에 행복했을 아버지
어쩜 엄마의 폭풍 바가지가 아니었다면
또 다른 앙드레김으로 깃발 날리지 않았을까
아직도 베란다 한쪽에 자리 잡고 있는
아버지 손때 묻은 재봉틀
쌓인 먼지 닦아 내니

만선 깃발 날리는 뱃고동 소리 들린다
　　　달 달 달 달

　　　　　　　　　　　　　　　— 「재봉틀」 전문

　전쟁의 후유증과 부상으로 인한 힘든 생활 속에서
도 나름 취미 생활을 즐겼던 아버지에 대한 추억이 재
미있게 펼쳐진다. 재봉틀이라니! 섬세함을 요하는 일
에 관심 있다는 것이 특이하다. 딸을 위한 사랑의 표
현일까. 그런 아버지에 대한 그리움은 딸의 기억 속에
영원히 '달달달달' 재봉틀 돌아가는 소리로 끝없이 굴
러가고 있을 것이다.

　　　눈에 쏙 들어왔던 건
　　　어떤 상황이 생길지라도
　　　넓은 어깨로 든든하게 지켜 줄
　　　푸른 군복을 입은 군인이어서

　　　마음을 설레게 흔들어댄 건
　　　긴 머리 소녀를 따라온
　　　세 명의 불알친구 중에
　　　콧날이 선명하니 귀공자처럼
　　　잘 생기고 키도 훌쩍 시원스러워서

　　　내 마음을 단박에 훔친 건
　　　검게 그을린 미소로
　　　김형석 에세이집을 들고 있는

감성 있는 지적인 손에
동해 파란색 물빛까지 닮아
사이다 같이 청량해서

내 마음에 쏙 들었던 건
경포호수처럼 잔잔하고 넓은
유리알처럼 맑은
순박한 마음을 가졌을 것 같은
강원도 촌 남자여서

그런 그를 만난 건
대관령 열두 구비구비 너머
커피 향에 녹은 달달한 사랑의 입맞춤
눈부시게 뜨거운 태양 아래
파도 따라 넘실넘실 푸른 춤추는
경포 바닷가의 운명이라서

— 「그를 만난 건」 전문

아버지 품을 떠나 또 다른 군인과의 만남을 고백하고 있다. 끝에 '운명'이라는 말이 나오는 것으로 봐서 남편과의 인연 같다. 시에서도 고백이 차지하는 비중이 있다. 이때 과거가 뛰어나오게 되는데 이를 잘 다독이며 승화시키고 있는 모습을 보여주고 있다. 매연 끝 행 종결어미를 '~해서'로 반복하며 나름 리듬도 만들고 강조 효과도 톡톡히 보고 있다.

이렇게 홍현은 일생일대 잊지 못할 두 명의 남자

이야기를 시 속에 등장시키고 있다. 받은 사랑과 주는 사랑 사이에서 여자로, 시인으로 행복한 모습이 여유로운 후식으로 넘어간다.

단란한 커피 한잔 나누며

뷔페처럼 가득 차려 놓은 음식 중에서 몇몇 눈에 띄는 새로운 음식 맛을 보며 홍현은의 솜씨를 살펴보았다. 진한 맛이다. 과감한 레시피다. 뒤끝도 가볍지 않게 따라붙는다. 여운이다. 남자들도 꺼리는 언어들이 튀어나와 뛰어다닌다.

차분한 세상으로 돌아와 뜨거웠던 마음도 내려놓고 격앙된 목소리도 낮춰가며 이제 차분하게 커피 한 잔 나누는 분위기로 시 맛의 잔치를 마무리하려고 한다.

커다란 양팔저울에 올라서서
반대쪽에 남편을 올렸더니
땀 흘리며 살 빠지게 벌어 온 돈
알뜰살뜰 챙기느라 굳은살로 묵직한
내가 쑥 내려가고

이번엔 아들을 딸을 올렸더니
자나 깨나 근심 걱정 덕지덕지 붙은
역시 무거운 내가 쑥 내려가고

그래, 이번엔 손주를 올려보자
내 손바닥에 똥을 싸도 예쁘기만 한
어라!
이제는 내 입꼬리가 쑥 올라가네
하하 호호 껄껄

엔돌핀이 무게 줄이는 최상급이네
　　　　　　　　　　― 「양팔저울」 전문

　시인이라는 타이틀을 벗은 홍현은이 본래 자리에
앉는 순간 금방 너나없이 확인되는 분위기가 생긴다.
뒤늦게 찾아온 손주는 기쁨 그 자체이다. 그래서 인생
은 늦게까지 살아야 하는 이유가 있다. 양팔저울에 달
아보는 무게감도 과거와 현재가 대비되는 관계이다.
인생의 깊이를 느끼는 시점에서 만나는 모든 것이 초
월의 경지로 들어섰음을 확인하게 된다.

　백 세까지 살아야 하는 긴긴 인생
　봄날이 별건가요
　콩깍지 죽고 못 살 달콤한 연애 시절
　기적처럼 첫아이 임신한 세상 다 가진 날
　토끼 같은 아이 잘 자라 좋은 대학 합격한 날
　누구나 부러워할 최고의 직장 입사하던 날
　좋은 짝 만나 결혼시키고 할 일 다 했다고
　수고의 짐 내려놓은 홀가분한 봄날
　알 콩 달 콩 잘살아 주며

천국에서 덤으로 선물까지 보내주신
눈에 넣어도 아프지 않을
예쁜 손주의 하트 뽕뽕 재롱
죽고 못 살 만큼 팔팔 힘이 넘치니
벚꽃같이 눈부신 최고의 봄날이지요

— 「봄날이 별건가요」 전문

　봄날 앞에는 어떤 말을 붙여도 자연스럽고 따스하다. 인생의 봄날, 사랑의 봄날, 그대의 봄날… 돌아보니 일상이 봄날이고 다시 생각해 보니 지금이 봄날이다. 아니다. 봄날이라고 느끼는 그때가 봄날이다. 봄날이 와도 봄인지 느끼지 못하는 춘래불사춘春來不似春이라는 말도 있지 않은가. 그런 의미로 따져보면 지금 홍현은은 인생 막바지에서 한껏 봄날을 보내는 중이다. 그 곁에서 홍현은이 차린 시의 식탁에 앉아있는 사람들도 같이 봄날을 즐기고 있는 것이다.

가을비 촉촉한 창가에 앉아
잔잔히 마음 내주는 가을 한 잔

카푸치노에 눈 맞추면
부드러운 사랑 온다

에스프레소를 쓰다듬으면
쓰린 사랑 훅 간다

헤이즐넛커피를 뜨겁게 포옹하면
달콤한 첫사랑 온다

아메리카노를 생각하면
쓰린 추억 둥실 둥실 간다

비엔나커피를 두 손으로 감싸들면
바이올린 연주 음악가 된다

카페라떼를 홀짝홀짝 혼자 마시면
세상을 다 가진 꼰대 라떼 된다

단풍잎 살짝 띄운 가을 한 잔
꿈꾸는 명품 시인 된다

— 「커피 한 잔」 전문

커피 한 잔을 마시면서도 시를 쓰는 사람이 시인이
다. 시인은 등단했다고 되는 것이 아니라 시를 써야
시인이다. 시 속에서 살아가며 즐거워야 시인이다. 사
람들에게 시 맛을 전하고 맛난 시로 감동시켜야 시인
이다.

유명해야 좋은 시인인가. 아니다. 유명하다고 어깨
힘주고 다니는 것은 시인도 아니다. 요란한 이력에 경
력을 나열한다고 꼭 좋은 시를 쓰는 것도 아니다.

스스로가 스스로에게 끝없이 질문하고 깊은 생각으
로 삶의 이치를 깨닫는 것이 중요하다. 또 나보다 어

려운 사람과 자연 현상에 사랑과 애정으로 관심을 보인다면 반드시는 아니라도 시인의 자세를 견지하고 있다는 데 이의를 제기할 사람이 없을 것이다. 그러한 자리에서 나름의 목소리로 시 세계를 만들어가고 있는 홍현은의 앞으로 행보가 더 크게 기대된다.

인생의 깊은 가을이다. 커피 한잔하면서도 색다른 생각이 꼬리를 문다. 색다른 맛은 색다른 생각이다. 그 맛에 빠져 홍현은이 명품 시인 되는 꿈을 그윽한 커피 향에 곁들여 오래 마셔본다.

홍현은 시집
색다른 맛

초판발행 2025년 5월 30일

지 은 이 홍현은
펴 낸 이 배준석
펴 낸 곳 문학산책사

등   록 제3842006000002호
주   소 ㉾14021
         경기도 안양시 만안구 병목안로 81 성원Ⓐ 103−1205
전   화 (031)441−3337 / 010−5437−8303
홈 페 이 지 http://cafe.daum.net/munsan1996
이 메 일 beajsuk@daum.net

값 10,000원

ISBN 979−11−93511−08−4 03810